NÃO VAMOS ENTRAR em PÂNICO

KEVIN WILSON

NÃO VAMOS ENTRAR EM PÂNICO

Tradução
Débora Landsberg

Rio de Janeiro, 2023

Copyright © 2022 by Kevin Wilson. All rights reserved.
Copyright da tradução © 2023 por Casa dos Livros Editora LTDA. Todos os direitos reservados.
Título original: *Now is Not the Time to Panic*

Todos os direitos desta publicação são reservados à Casa dos Livros Editora LTDA. Nenhuma parte desta obra pode ser apropriada e estocada em sistema de banco de dados ou processo similar, em qualquer forma ou meio, seja eletrônico, de fotocópia, gravação etc., sem a permissão do detentor do copyright.

Publisher: *Samuel Coto*

Editora Executiva: *Alice Mello*

Editora: *Lara Berruezo*

Editoras assistentes: *Anna Clara Gonçalves e Camila Carneiro*

Assistência editorial: *Yasmin Montebello*

Revisão: *Vanessa Sawada e Suelen Lopes*

Adaptação de capa: *Julio Moreira | Equatorium*

Diagramação: *Abreu's System*

Dados Internacionais de Catalogação na Publicação (CIP)
(Câmara Brasileira do Livro, SP, Brasil)

Wilson, Kevin
 Não vamos entrar em pânico / Kevin Wilson ; tradução Débora Landsberg. – Rio de Janeiro : HarperCollins Brasil, 2023.

 Título original: Now is Not the Time to Panic
 ISBN 978-65-6005-087-7

 1. Romance norte-americano I. Título.

23-172067   CDD-813.5

Índices para catálogo sistemático:
1. Romances : Literatura norte-americana   813.5
Eliane de Freitas Leite – Bibliotecária – CRB-8/8415

Os pontos de vista desta obra são de responsabilidade de seu autor, não refletindo necessariamente a posição da HarperCollins Brasil, da HarperCollins Publishers ou de sua equipe editorial.

HarperCollins Brasil é uma marca licenciada à Casa dos Livros Editora LTDA.
Todos os direitos reservados à Casa dos Livros Editora LTDA.
Rua da Quitanda, 86, 601A – Centro
Rio de Janeiro, RJ – CEP 20091-005
Tel.: (21) 3175-1030
www.harpercollins.com.br

À memória de Eric Matthew Hailey

(1973-2020)

MAZZY BROWER

ATENDI O TELEFONE E DO OUTRO LADO OUVI UMA VOZ FEMI-
nina, uma que não reconheci.

— É a Frances Budge quem está falando? — perguntou ela, e tive certeza de que era uma atendente de telemarketing, porque ninguém me chamava de Frances.

Na sala de estar, minha filha de sete anos tinha montado a própria bateria, usando inclusive um prato de estanho como címbalo, e portanto a casa estava uma barulheira infernal, com o ritmo tim-bam-tim-tim-bam que ela continuava repetindo. Eu disse:

— Perdão, mas não tenho interesse. — Já estava desligando, mas a mulher, percebendo que eu não ia mais falar com ela, se esforçou para chamar minha atenção.

— A beira é uma favela cheia de gente procurando ouro — recitou, a voz subindo de tom, e eu gelei.

Quase deixei o telefone cair. E, em uníssono, completamos a frase:

— Somos fugitivos, e a justiça está seca de fome atrás de nós.

— Então você sabe — constatou a mulher.

— Já tinha ouvido isso, sim, claro — declarei, já tentando escapar.

Sentia o mundo girar ao redor. *Que merda, que merda, que merda, puta que pariu, não,* em meus pensamentos, uma espiral de loucura, porque, sabe como é, fazia tanto tempo. Porque acho que tinha me permitido pensar que ninguém jamais descobriria. Mas ela tinha me achado. E eu já estava tentando bolar uma forma de sumir de novo, de continuar sumida.

— Estou escrevendo uma matéria para a *New Yorker* — contou ela. — Me chamo Mazzy Brower e sou crítica de arte. Estou escrevendo sobre o Pânico de Coalfield de 1996.

— Ok — falei.

— Mãe! — gritou Junie. — Escuta! Escuta só! Escuta! É "Wipe Out", né? Não está igualzinho a "Wipe Out"? Mãe? Escuta!

— E acho que foi você quem fez aquilo acontecer — disse a mulher, pisando em ovos. Tinha uma voz agradável, sincera.

— Você acha que fui eu? — retruquei, quase rindo, mas era verdade. *Tinha sido* eu. Não sozinha, mas fiz parte de tudo. Eu e outra pessoa.

— Tenho quase certeza de que foi você — declarou Mazzy Brower.

— Meu Deus — disse, e então me dei conta de ter falado em voz alta.

Minha filha batucava sem parar. Fiquei tonta. Tinha uma pizza no forno. Meu marido enfim consertava o trinco da janela do nosso quarto, que já estávamos há quatro meses para arrumar. Nossa vida, tão tediosa e normal, continuava acontecendo. Naquele exato instante, enquanto tudo mudava, era como se minha vida ainda não soubesse disso. Não sabia que era para estagnar, congelar, porque nada continuaria igual. Que a pizza queime. Esqueça o trinco ridículo da merda da janela. Pegue as suas coisas. Vamos dar o fora daqui. Vamos atear fogo a essa casa e recomeçar do zero. Por uma fração de segundo, pensei que talvez *eu* pudesse sair dali e recomeçar.

— Foi você? — indagou a repórter.

Por que eu atendi o telefone?

— Foi — confessei, e senti meu corpo inteiro ser arrastado pelo tempo. — Fui eu, sim.

— Sozinha? — perguntou ela.

— É complicado — respondi.

Minha filha estava parada ao lado, me puxando pela blusa.

— Mãe? — chamou ela. — Com quem você está falando?

— Uma amiga.

— Deixa eu falar com ela — disse Junie, a pessoa mais autoconfiante que eu já tinha conhecido na vida, esticando o braço em direção ao telefone.

— Preciso desligar — disse para Mazzy.

— Podemos nos encontrar?

— Não.

— Posso te ligar depois?

— Não, desculpa — respondi. E antes que ela pudesse falar mais alguma coisa, desliguei.

Comecei a andar de um lado para outro na cozinha, tentando me lembrar de cada palavra da conversa, do que eu tinha falado para a mulher. Mas Junie detesta quando fico andando para lá e para cá, detesta quando me retraio, então começou a puxar minha calça.

— Como a sua amiga se chama? — perguntou Junie.

— Quê? Ah... é Mazzy — respondi.

— Mazzy parece nome de amiga imaginária — disse Junie.

— Vai ver ela é — falei. — Não tenho certeza absoluta de que ela existe.

— Você é muito esquisita, mãe — comentou Junie, sorridente. E então, como se o assunto não tivesse relevância alguma, porque já tinha se esquecido, pediu: — Me escuta tocando essa bateria doida!

Ainda tinha tempo. Eu me sentei no sofá e fiquei olhando minha filha, com duas colheres de pau nas mãos, espancar tudo o que a rodeava. E meu coração palpitava no peito. *Acabou*, eu não parava de pensar. *Está tudo acabado*. E estava começando. Estava só começando.

PARTE I

A beira é uma favela cheia de gente procurando ouro

VERÃO DE 1996

Um

NA PISCINA PÚBLICA DE COALFIELD, TODO MUNDO TINHA QUE sair da água quando o apito soava, e ficávamos ali, saltitando, alternando entre uma perna e outra porque o chão estava escaldante e queimava a sola dos pés. E um salva-vidas, pouco mais velho do que eu, que tinha dezesseis e parecia um vilão de filme adolescente, loiro, sarado e nem um pouco disposto a salvar quem estivesse se afogando, chegava com uma melancia untada. Uma camada grossa de vaselina deixava a melancia reluzente, quase como se estivesse se liquefazendo. E o salva-vidas e um de seus gêmeos malvados, talvez com músculos maiores e um bigode asqueroso, jogava a melancia na água e a empurrava para o meio da piscina.

E ao soprar dos apitos, a ideia era todo mundo pular na água e quem conseguisse levar a melancia para a beira da piscina a ganhava. Quem quisesse ter uma expectativa realista de ganhar o troço precisava formar uma equipe, e então o jogo virava uma guerra de gangues, os meninos basicamente se esmurrando, a melancia escorregando e escapando deles, quase uma coadjuvante. Quando chegava à beira da piscina, a melancia já estava cheia de unhadas, pedaços da polpa vermelha gotejando, quase intragável para qualquer um que não a pessoa que a tinha ganhado. Eu era esperta a ponto de me abster, embora ficasse chateada pela falta de participação das meninas, como se fôssemos delicadas demais para aquele tipo de coisa. Mas na única vez que tentei, aos doze anos, um velho com uma tatuagem de cobra no braço me deu uma cotovelada na cara e quase quebrou meus dentes da frente.

Os trigêmeos, meus irmãos, eram perfeitos para a competição de melancia untada, pois tinham dezoito anos e já eram gigantes. Eram quase selvagens, tinham um tipo de força que não era só física, mas uma psicose que os tornava imunes à dor, e a testavam entre si o tempo inteiro. Mas também não participavam, pois usavam esse momento em que todos estavam hipnotizados pela melancia para roubar dinheiro e lanches das mochilas largadas.

Eu estava parada ali, os pés escaldantes, pensando por que não me deitava na toalha para esperar o momento em que seria seguro entrar na piscina outra vez e... o quê, exatamente? Ficar nadando de um lado para o outro, para ninguém perceber que eu estava sozinha? Odiava a piscina, mas o ar-condicionado de casa estava quebrado e só seria consertado no dia seguinte. Eu tinha aguentado dois dias inteiros, suada e infeliz, mas enfim entrara na van com meus irmãos naquela manhã. Sendo sincera, já que tinha de estar ali, queria ver a luta por aquele troço. Queria ouvir os berros e xingamentos. Queria ver a violência em nome da diversão.

Um garoto me observava do outro lado da piscina. Eu olhava para ele, magrelo e nervoso, provavelmente tínhamos a mesma idade, e sempre que o flagrava me encarando, ele dava um sorriso apatetado e olhava para a água, o sol refletido nela, tão claro que era ofuscante. Eu o perdi de vista. Os salva-vidas apitariam a qualquer instante. E então senti alguém encostar em meu cotovelo, o que por alguma razão me pareceu um gesto muito íntimo e esquisito, os dedos de alguém em meu cotovelo áspero, ossudo. Eu me virei e era o garoto, seus olhos pretos, o cabelo preto, os dentes branquíssimos e tristemente tortos.

— Ei — disse ele, e afastei meu braço da sua mão.

— Não encosta em gente que não gosta que ser encostada — reclamei.

Ele levantou as mãos, num gesto de rendição, subitamente envergonhado. Quem encosta no cotovelo de uma menina e depois fica com vergonha?

— Desculpa — respondeu. — Desculpa. Sou novo aqui. Acabei de me mudar. Não conheço ninguém. Eu estava te olhando. Tive a impressão de que você também não conhece ninguém.

— Conheço todo mundo — declarei, gesticulando para a congregação de frequentadores da piscina. — Conheço essa gente toda. Só *não gosto* deles.

Ele assentiu.

— Você me ajuda a conseguir a melancia? — pediu.

— Eu? — questionei, confusa.

— Nós dois — disse ele. — Acho que a gente dá conta.

— Está bem, então — respondi, assentindo e sorrindo.

— Combinado — falou, se alegrando. — Como você se chama? — perguntou.

— Frankie — respondi.

— Maneiro. Eu gosto de menina com nome de menino — falou, como se fosse o garoto de cabeça mais aberta que já tivesse existido.

— Frankie não é nome de menino. É unissex.

— Meu nome é Zeke — informou.

— Zeke? — repeti.

— Ezekiel — explicou. — É bíblico. Mas é meu nome do meio. Este verão, estou tentando usar ele. Só para ver como soa.

Olhei para ele. Não era bonito: todas as feições eram grandes demais, caricaturais. Mas eu também não era bonita. Tinha um rosto muito comum. Eu me convenci, olhando pelo ângulo certo, de que eu era comum, mas que isso era algo passageiro e em breve eu seria bonita. Dizia a mim mesma que não era feia de jeito algum. Meus irmãos, no entanto, diziam que eu era feia. Tanto faz. Ligava muito para isso, mas me esforçava bastante para não ligar. Eu era punk rock. Talvez fosse melhor ser feia se a outra opção fosse ser comum.

O apito soou e estávamos nos encarando, mas então ele disse:

— Vamos. A gente consegue! — E foi logo pulando na piscina.

Eu não pulei na piscina. Fiquei parada. Dei um sorriso amarelo, fiquei olhando ele se balançar na água. E o garoto parecia muito magoado. Eu me senti uma merda. Por fim, pareceu não se importar e deu braçadas em direção à comoção, ao bloco movediço de meninos adolescentes, todos brigando por algo tão ridículo, por diversão.

Zeke tentou duas ou três vezes, mas era empurrado para o lado, mergulhado na água, e vinha à tona esbaforido, tossindo, totalmente perdido ali, sozinho. Mas não parava de subir em cima das pessoas, de tentar pôr as mãos na melancia, tão escorregadia que ninguém conseguia dominá-la. E então alguém lhe deu um chute acidental na boca e eu vi seu lábio se abrir. Sangrava, pingava na piscina, mas os salva-vidas estavam pouco se lixando. Acho que não estavam nem assistindo. Zeke apenas pulou na multidão outra vez, e eu comecei a me preocupar. Sabia que algo ruim aconteceria a alguém tão ingênuo.

Sem pensar, corri até meu irmão, Andrew, que estava com uns sete saquinhos de Doritos, e disse que precisava de ajuda. Naquele instante, Brian se aproximou, um maço de dinheiro úmido na mão.

— Anda, Andrew — disse ele, me ignorando totalmente. — A gente não tem o dia todo.

— Preciso de ajuda — falei, e àquela altura, Charlie já tinha chegado, se perguntando o que estava acontecendo.

— Preciso que vocês ajudem um menino a pegar a melancia — pedi aos três.

— Não — disse Charlie. — Nem fodendo.

— Por favor? — insisti.

— Desculpa, Frankie — disse Andrew, e eles me viraram as costas.

— Eu dou vinte dólares! — berrei.

— Vinte paus? — indagou Brian. — Sério?

— Vinte paus — reiterei.

— E o que é que a gente faz agora?

— Estão vendo aquele nerdzinho na água? Com um corte na boca? — expliquei. Todos fizeram que sim. — Ajudem ele a pegar a melancia — mandei.

Era muito simples, mas eles não tiravam os olhos da melancia.

— Você está apaixonada por ele? — perguntou Charlie, sorridente.

— Sei lá — retruquei. — Acho que estou com pena dele.

— Eca — disse Andrew, fazendo careta, como se eu fosse amaldiçoada. — Está bem. A gente vai.

E meus irmãos largaram todas as coisas e correram para a beirada da piscina, mergulhando na água com os joelhos junto ao peito. Andrew segurou Zeke como se fosse uma boneca de pano e basicamente o levou até a melancia enquanto Brian e Charlie abriam caminho com os cotovelos, a ferocidade dos atos assustando os outros garotos, que já brigavam pela melancia havia tanto tempo que começavam a se cansar. Quando se apossaram da fruta, em uma imagem digna de pena, Andrew jogou Zeke para cima dela e os trigêmeos o empurraram até a beira da piscina, a boca de Zeke gotejando sangue na vaselina. E então acabou. Zeke havia ganhado.

Os salva-vidas apitaram e os outros garotos fingiram não se importar. Os peitos e braços reluziam com a parafina, e ela não saía na água, mas eles simplesmente começaram a ir de um lado para o outro, à espera de que as meninas voltassem para a água, as crianças com suas boias, os pais com barriga de chope e tatuagens infelizes.

Fui até a beira da piscina, onde Zeke tentava recuperar o fôlego. Meus irmãos já tinham ido embora para procurar novas formas de distração.

— Você conseguiu — falei.

— Que garotos eram aqueles? — indagou ele, confuso.

— Meus irmãos — respondi.

— Foi você quem mandou eles irem lá? — perguntou, e eu assenti.

Nós dois rimos.

— Sua boca está sangrando — comentei, mas ele parecia não se importar.

Nós dois fitamos a melancia, que lembrava um filme de terror, tantas marcas de meia-lua cravadas na casca verde, aquela película oleosa e nojenta na fruta inteira.

— Quer comer isso aqui comigo? — perguntou ele.

— Você vai comer essa porra aí? — questionei.

— A gente vai comer — respondeu, sorridente.

E comemos. Comemos mesmo. Estava uma delícia.

Dois

ERA VERÃO, OU SEJA, NÃO ACONTECIA NADA. COMO FAZIA um calor enlouquecedor, a gente só pensava em chupar picolé. Minha casa estava vazia: minha mãe estava no trabalho, meu pai em Milwaukee com a nova família e os trigêmeos estavam todos fritando hambúrguer em diferentes lanchonetes de fast-food. Eu perambulava pela casa, escutando música no fone de ouvido, sem nunca tirar o pijama. Era para ter arranjado um trabalho, mas não tinha preenchido nem uma ficha de candidatura sequer. Não via problema em continuar só com meus bicos de babá. Minha mãe, que me amava muito e estava exausta, desistiu, deixou que eu ficasse sozinha em casa, e a princípio fiquei feliz com o silêncio, mas pouco depois passei a achá-lo opressivo, como se as paredes soubessem que eu era a única pessoa ali e pudessem se contrair para me prender.

Não estava procurando um amigo nem nada do tipo. Estava entediada. E Zeke, o garoto novo que parecia atordoado ao se ver nesta cidadezinha insignificante, era algo com que eu ocupar meu tempo.

Dois dias depois de nos conhecermos na piscina pública, após lhe dar um papelzinho com meu endereço, Zeke foi de bicicleta à minha casa. Estava com uma camiseta preta largona dos Road Warriors, dois lutadores bravos, o rosto deles pintado, ombreiras esquisitas. Meus irmãos também adoravam os caras. Eu não conseguia imaginar ninguém mais diferente dos meus irmãos do que Zeke, mas acho que aquele era o tipo de pessoa de que todos os meninos gostavam.

— Ei — disse ele, sorridente. — Moro a uns quatro quarteirões daqui.

Apenas dei de ombros, sem saber o que fazer agora que ele estava ali.

— Obrigado pelo convite — falou.

Dei de ombros de novo. Qual era o problema com a minha língua? Por que estava tão entorpecida?

— Essa cidade é bizarra — continuou ele. — É como se tivessem lançado uma bomba e vocês estivessem voltando ao normal agora.

— É um tédio só — confirmei, e meu maxilar doeu de tanto esforço.

— É sempre melhor ficar entediado acompanhado — sugeriu ele.

Gesticulei para que entrasse, para que fôssemos para o ar-condicionado.

Não sabia muito bem o que fazer com ele, mas queria deixar claro que não transaríamos na casa vazia. Fazia dois dias que eu estava tensa, preocupada com onde estava me metendo, com tudo que ainda não queria fazer. Como precisava que Zeke soubesse que não era esse tipo de coisa, nos acomodamos no sofá e assistimos a filmes de terror em VHS comendo Pop-Tart, algo que considerei tão distante do que eu pensava sobre sexo a ponto de me parecer seguro. Tentei adiar a conversa ao máximo, até que ela se tornasse inevitável. *A essa altura*, pensei, *já vou ter alguma coisa interessante para falar com ele.*

— Você gosta daqui? — perguntou Zeke enquanto eu tirava uma fita e tentava botar outra. E agora precisávamos conversar. Acho que não vi problema nisso.

— É legal — respondi, agachada em frente ao videocassete. E, com sinceridade, *era*. O que eu faria numa cidade grande? Sairia para dançar? Comeria um filé de cinquenta dólares em um restaurante chique? Bom, talvez eu fosse ao museu. Seria divertido. Mas eu tinha dezesseis anos. Vivia bem mais dentro de mim do que na cidade.

— Mas — pressionou ele —, como é que você se diverte?

— Eu faço isso — respondi, frustrada, segurando uma cópia de *A Hora do Espanto*. O que ele queria de mim? Teria que provar para ele que era legal, que meu lugar não era Coalfield? — Por quê? — perguntei, enfim, devolvendo a questão para Zeke. — De que cidade você veio que é tão legal assim?

— Memphis — respondeu. — E não é superlegal, na verdade. Mas, sabe como é, tem umas coisas maneiras. As partidas de beisebol do Memphis Chicks. O shopping de Memphis, onde dá para patinar no gelo. O Audubon Park.

— É, parece maneiro mesmo. Patinar no gelo seria legal.

— Mas — disse ele, sorridente —, aqui estamos nós.

— Por que você se mudou para cá? — perguntei.

— Eu não tive o direito de opinar. É confuso. — Zeke meio que me olhou por alguns segundos, como se tentasse decidir o que me contaria e o que não me contaria. E isso me deixou cismada, pois a história dele parecia exigir edição. Eu me levantei do chão e me sentei no sofá ao lado dele.

— Meu pai está tendo um caso — contou. — Acho que ele teve alguns, porque uma das mulheres ficou sabendo de outra.

— Meu Deus! — exclamei.

— É, e ela ligou para a nossa casa para dedurar ele, mas fui eu que atendi. E ela me falou que, na verdade, ele era um cara ruim e estava tratando ela mal, que eu precisava pedir o divórcio e mandar a outra mulher parar de sair com ele e só então ela pensaria em ficar com ele, e eu falei, tipo: "Minha senhora, eu sou o filho dele", e ela disse: "Ai, meu bem, é que você tem uma voz muito esganiçada", e eu desliguei.

— Sua voz não é tão esganiçada assim — falei.

— Bom, no telefone eu tento ser muito educado, então minha voz fica mais suave. Não ligo. Não foi isso que me deixou com raiva.

— Não, eu sei, mas mesmo assim.

— É, valeu, mas a questão é que eu fiquei com raiva, chutei a parede e abri um buraco nela, minha mãe veio correndo e eu contei para ela o que estava acontecendo. A gente pegou o carro e foi para o trabalho do meu pai, e ela começou a berrar com ele na frente de todo mundo, e então, bom...

— O quê? — indaguei.

— Não me lembro direito, de verdade. Às vezes, quando fico muito estressado, fico meio desorientado, sabe? Meio que entro em transe, meu ouvido fica zumbindo. Fico um pouco tonto tonto, com o corpo quente. E fico meio que... destrutivo, acho. Não é sempre, ok? Mas às vezes. Bom, minha mãe diz que pulei em cima do meu pai e tentei arrancar os olhos dele e uns funcionários tiveram que me puxar e me segurar. Tipo, eles ficaram um tempão sentados em cima de mim. Dizem que eu falei em línguas estranhas ou coisa assim.

— Caramba, Zeke — falei, mas em certa medida desejava ter conseguido fazer isso com meu próprio pai.

— A secretária do meu pai perguntou se era para chamar a polícia e ele falou que não. Disse que levaria a gente ao hospital ou coisa assim, mas minha mãe vetou. Ela arrumou nossas coisas e viemos para cá porque minha avó mora aqui. Acho que minha mãe foi criada aqui, mas ela nunca falou disso e não me parece muito feliz em estar de volta. Então a gente vai ficar até minha mãe resolver o que fazer com meu pai. Ela diz que pode ser que a gente fique aqui para sempre ou que a gente volte daqui a um mês. Ela ainda não sabe.

— Que bosta — respondi.

— E, sei lá, eu quero voltar para casa. Sinto saudade de casa, entende? Tenho que voltar para a escola quando o verão acabar, né? Mas acho que não seria muito bom se minha mãe voltasse com ele. A não ser que ele mudasse de verdade. Mas quanto tempo demora para alguém assim mudar? Minha impressão é de que demora muito.

— Meu pai abandonou a gente — contei. — Faz dois anos. Engravidou a secretária e contou para minha mãe faltando alguns dias para o aniversário de casamento deles, porque a secretária estava ficando brava, já que ele não contava, e aí, alguns dias depois, meu pai e a mulher se mudaram para o norte. Imagino que ele já estivesse planejando isso há algum tempo. Ele foi transferido. Acho que foi uma promoção. Sei lá. Ele ficava dizendo "um recomeço", mas estava falando dele e da mulher e, sabe, do bebê ridículo dos dois. É menina. E quer saber qual foi o nome que eles deram?

— Qual? — perguntou ele.

— Frances — respondi. — É o nome da minha avó, a mãe dele. Não a conheci: ela morreu quando eu era pequena. Mas mesmo assim. Poxa, é o meu nome.

— Que doideira — admitiu ele.

— Também achei — disse. — Minha mãe também achou.

— Ele chama a bebê de Frankie? — indagou.

— Tenho medo de perguntar — declarei. — Ele mandou um aviso de nascimento para a gente, e era todo chique, então só dizia *Frances*.

— Você fala com ele?

— Nunca — respondi. — Ele manda dinheiro para a gente porque é obrigado, mas eu não falo com ele. Não vou falar com ele. Nunca mais.

— Eu não falo com meu pai desde que a gente se mudou para cá — disse Zeke. — Sempre acho que ele vai me ligar, mas não liga. Vai ver não tem o nosso número.

— Você falaria com ele se ligasse? — perguntei. Achava um questionamento importante.

— É provável que não. Não que eu não queira falar com ele, mas tenho a sensação de que ele ficaria magoado se eu desse um fora nele. E ele merece ser punido, né?

— Merece — concordei.

Queria segurar a mão dele para dar ênfase, mas eu ficava esquisita quando estava perto de meninos. Ficava esquisita quando estava perto de pessoas em geral. Não gostava nem de encostar nas pessoas nem que elas encostassem em mim. Mas Zeke precisava saber. É preciso tomar partido. E sempre se escolhe a pessoa que não estragou tudo. Sempre se escolhe a pessoa que ficou ao seu lado.

— Então — disse ele, me olhando. — Nós dois somos meio que sozinhos de uma forma parecida, né?

— Acho que sim — respondi.

Parecia que ele ia me beijar. Ou talvez não. Nunca tinha ficado tão perto de um menino. Sabia que deveria haver um momento, um sinal, que as pessoas normais percebiam para ir de "pessoas que não se beijam" a "pessoas que se beijam". Qual era? Como ter certeza de que não daria esse sinal até o instante exato? Os olhos dele eram tão pretos que meio que cintilavam. Fiquei tonta.

— Está com fome? — perguntei, me levantando do sofá de supetão. — Quer comer alguma coisa?

— Hmm, boa. Estou com fome. — E antes que ele sequer terminasse de falar, eu já estava correndo para a cozinha, abrindo a geladeira, sentindo o ar frio na cara.

Era assim que funcionava o amor? Dividir algo pessoal, um ficar perto do outro? Não sentia atração por ele. Não o conhecia. Só sabia que nós dois tínhamos pais horríveis. Só sabia que nós dois estávamos sozinhos.

Zeke estava parado junto à bancada da cozinha. Eu me virei para ele, batendo a porta da geladeira. Ali dentro não havia muita coisa. Não sabia o que fazer. Estava achando a casa muito vazia. Então falei qualquer coisa para quebrar o silêncio.

— Sou escritora — contei.

— Sério? — respondeu, parecendo impressionado.

— Bom, eu quero ser. É o que eu quero fazer. Quero escrever livros.

— Maneiro — disse ele. — Eu gosto de livros. Stephen King? Gosta dele?

— Ele é bonzinho — falei, mas na verdade não gostava muito.

Eu gostava de escritores sulistas porque era o que minha mãe tinha me ensinado a amar. Gostava de escritoras sulistas fodonas como Flannery O'Connor e Carson McCullers. Gostava de Dorothy Allison, Bobbie Ann Mason e Alice Walker.

Ah, mas de verdade, verdade mesmo, eu amava Carolyn Keene. Amava os livros de Nancy Drew. Amava as Dana Girls. E talvez estivesse velha demais para esses livros, mas ainda os lia e relia. Não queria entrar em todos esses detalhes com Zeke. Se ele nunca tivesse lido *A convidada do casamento*, eu ia chorar. Morreria de tristeza.

— Eu gosto de Philip K. Dick — anunciou, e eu não fazia ideia de quem era. Não estávamos chegando a lugar algum.

— Estou escrevendo um livro — declarei. Nunca tinha falado para ninguém. Nem mesmo para minha mãe, que ficaria contente em saber. — É tipo Nancy Drew, sabe? Só que ela é má. É ela que está cometendo os crimes. E o pai dela é o chefe da polícia, mas ela vive enganando ele. E a irmã dela é a detetive, mas não é muito boa.

— É para criança? — indagou Zeke, confuso.

— Eu sinceramente não sei — confessei. — Ainda não decidi tudo.

— Bom... maneiro — disse Zeke, e eu acreditei. — Eu quero ser artista — afirmou, como se ambos confessássemos que não éramos humanos. Não sabíamos o quanto era normal ser jovem e acreditar que seu destino é criar coisas lindas.

— Que tipo de artista? — perguntei.

— De quadrinhos — disse ele. — Desenho? Umas coisas bizarras, sério. — Os olhos dele brilharam. Parecia felicíssimo. — E arte de verdade também. Tipo, coisas grandes, coisas complexas. Quero fazer algo que o mundo inteiro veja. E que fique na memória. E que as pessoas não entendam direito.

— Entendo o que você está querendo dizer. — E entendia mesmo.

— É isso que a gente devia fazer nesse verão — declarou, como se uma lâmpada surgisse acima da cabeça. Ele, juro por Deus, estalou os dedos.

— O quê? — perguntei.

— A gente devia criar coisas — explicou.

— Bom — disse, tensa —, eu ainda estou escrevendo o livro. Não está terminado. É só um rascunho tosco, sério.

— Tudo bem, tudo bem — respondeu ele. — A gente vai descobrir. Mas seria divertido a gente fazer alguma coisa junto.

— Passar o verão inteiro fazendo arte? — indaguei, confusa.

— O verão inteiro — confirmou. — O que mais você ficaria fazendo?

— Combinado — assenti. — Mas e se seu pai tomar jeito e você voltar para lá daqui a umas semanas?

Ele ponderou.

— Não acho que isso vá acontecer — falou, e nós dois rimos.

E foi isso. Esse seria nosso verão. Se algo acontecesse comigo, aconteceria com ele. Os meses seguintes se abriram, cintilaram no calor. Criaríamos alguma coisa.

Então agora éramos amigos. E talvez em agosto já fôssemos melhores amigos. Fazia muito tempo que eu não tinha um melhor amigo. Zeke continuava sorrindo, me encarando, como se eu tivesse que falar alguma coisa, como se tivesse que fazer algo importante. Tinha a sensação de que se eu desse um passo em falso, se estragasse as coisas, daria tudo errado. Mas gelei ao encará-lo. Por fim, ele disse:

— Então, a gente não vai almoçar?

Respirei bem fundo.

— Ah, é, claro. Vamos, hmm, vamos no Hardee's — sugeri. — Meu irmão trabalha lá. Ele dá batata frita de graça para a gente.

E depois de revirar meu quarto em busca de dinheiro, saímos, fomos até a entrada da garagem onde ficava meu Honda Civic ferrado. Tentei me lembrar do que estava no tocador de fitas, se era maneiro. Talvez Zeke não se importasse com isso. Naquele momento, com o sol a pino, andamos lado a lado. Faríamos arte depois. Havia, eu pensava, tempo de sobra.

Três

MEROS DOIS DIAS DEPOIS, ESTÁVAMOS MORRENDO DE TÉDIO. É estranho, mas as coisas que eu fazia sozinha e com as quais não tinha problema, como virar minha gaveta de meias enroladas no chão e tentar derrubar um bonequinho My Little Pony velho da cômoda, me pareciam tristes e infantis com outra pessoa assistindo.

— Como é que você se divertia antes de eu começar a vir para cá? — perguntou Zeke, com uma curiosidade genuína.

— Fazendo isso! — exclamei, mostrando a bola de meia que taquei com tanta força no pônei que o brinquedo deslizou pela cômoda e caiu no chão.

— Quem sabe — falou com delicadeza, como se tentasse convencer alguém a sair da beira de um despenhadeiro — a gente não pensa em outra coisa para fazer? — Tudo que ele dizia, por mais inócuo que fosse, dava a impressão de que queria me dar uns amassos. Eu achava que talvez ficasse ansiosa perto das pessoas porque nunca tinha beijado ninguém, e se eu apenas beijasse, me acalmaria um pouquinho, deixaria de ser tão esquisita. Mas acho que eu era casta demais.

Já tinha tido amigos, meninos e meninas, no Primário e no começo do Ensino Médio, mas tinha a sensação de que eles haviam amadurecido de formas que meu corpo e cérebro se recusavam a permitir. Passaram a gostar de esportes. Começaram a beber e ir a festas, a fumar maconha. Começaram a transar, ou pelo menos a fazer coisas que me faziam corar quando eu ouvia os comentários. Eu sempre tinha um livro de Nancy Drew, que já tinha lido quatro vezes, escondido na mochila, e assentia distraída enquanto uma menina que eu conhecia desde os meus quatro anos falava do garoto que eu conhecia desde que tinha seis anos tentando enfiar o dedo *dentro* dela. Não, obrigada.

No fundo, acho que eu era normal, ia dormir na casa dos amigos, mas aos poucos eles foram se afastando. Conversava com eles na aula, às vezes, ou me sentava com as pessoas no almoço, mas percebia que eles falavam de coisas que tinham feito no final de semana sobre as quais eu não tinha nem noção. E fingia não me importar, porque, sinceramente, não queria ir ao shopping para ver roupa. Não queria ver os meninos jogando basquete e torcer por eles. Queria outras coisas, mas não sabia como pedir. Quando entendi que estava meio que sozinha, que não tinha amigos de verdade, meu pai acabou nos deixando, e fiquei muito brava e triste e não tinha com quem conversar. E, sabe como é, quando seu pai se casa com a secretária e larga sua mãe sozinha com quatro filhos e sem muita grana, as pessoas te tratam de um jeito meio esquisito. Então guardei tudo dentro de mim, e a esquisitice e a tristeza vibravam o tempo todo, e talvez eu estivesse apenas esperando alguém que me aceitasse.

Zeke me encarava, sorridente, sem fazer pressão, só tentando achar formas de matar o tempo, e por fim me inspirei. Finalmente tinha algo decente para mostrar a ele. Eu ri, fazendo um barulho agudo, e disse:

— Bom, tive uma ideia. Mas não sei se vai dar certo. Não sei nem se você vai gostar.

— É droga? — perguntou Zeke, desconfiado. — Eu não quero usar.

Caramba, como nós dois éramos tensos, medrosos.

— Quê? Não — respondi, feliz em não ser a única careta. — Vem comigo.

Eu o levei à nossa garagem imensa, que tinha se tornado meio assustadora pela bagunça, com caixas de quinquilharias empilhadas até o teto, bugigangas que meu pai não tinha se dado ao trabalho de levar embora e que minha mãe não tinha botado para fora. Depois que ele saiu de casa, ela se recusava até a pisar ali. Mostrei a Zeke como dar a volta na bagunça para chegar a um canto.

— Isso aqui é meio que maneiro — falei, depois de me esquecer da existência daquilo até aquela tarde. Era uma copiadora velha, escondida debaixo de um oleado e mascarada por esquis aquáticos e uma escada.

— Está quebrada — expliquei —, mas achei que você ia querer dar uma olhada.

— Você tem uma fotocopiadora? — indagou ele, confuso.

— É — confirmei.

— Por quê? — perguntou.

— Meus irmãos roubaram ano passado — contei.

Era verdade. Um dia acordei em minha cama e estava rodeada por cinquenta ou sessenta fotocópias da bunda dos meus irmãos, todas coladas nas paredes do quarto. Levei alguns segundos para entender o que eram aquelas luas brancas esquisitas, e então berrei. Os trigêmeos correram para meu quarto, às gargalhadas. Minha mãe gritou do andar de baixo, querendo saber o que estava acontecendo, mas como ninguém respondeu, ela deixou para lá.

Eles me contaram que, na noite anterior, tinham ido à escola e conseguido abrir a fechadura de um dos almoxarifados que ficavam nos fundos, abarrotado de equipamentos velhos. Tinham visto a copiadora, além de dezenas de caixas de tinta e até algumas resmas de papel, e imaginado que valiam alguma coisa. Botaram tudo na van que compartilhavam e levaram para casa. E, bêbados, resolveram tirar cópias da bunda.

— As coisas meio que saíram do controle — admitira Andrew. — Tem umas trezentas cópias das nossas bundas. — Mandei que saíssem do meu quarto e passei os cinco minutos seguintes arrancando as fotocópias, amassando tudo e jogando no cesto de lixo. Mas eram muitas, e estavam espalhadas pelo chão, se abrindo aos poucos como flores, as bundas branquelas dos meus irmãos.

A copiadora era um modelo antigo do final dos anos 1980, e meus irmãos não conheciam ninguém que quisesse comprá-la. Eles a estragaram depois de sentar nela centenas de vezes e passaram o dia inteiro discutindo qual deles tinha quebrado a máquina. Agora era um trambolho inútil, e minha mãe já tinha mandado centenas de vezes que eles a botassem para fora, e eles falaram que botariam, mas tinham apenas tampado com uma lona e esquecido do troço. Era assim que funcionava. Se não dava para ver a coisa, se ela fosse empurrada para um cantinho escuro, não existia. Mas ali estava ela. Eu a reivindicava. Agora era minha. Nossa.

— Pode ser bem maneiro — admitiu Zeke.

— Bom, pode ser, mas os idiotas dos meus irmãos a quebraram. A gente pode tentar arrumar, mas também pode ir à biblioteca e usar a de lá.

— Quebraram como?

— Ela parou de funcionar — expliquei, apesar da impressão de que Zeke não assimilava minhas palavras.

Ele examinou a máquina, abriu a tampa e esfregou o queixo.

— Eles leram o manual? — perguntou.

— Se meus irmãos leram o manual? É sério?

— Leram?

— Não! — berrei. — Eles quebraram ela com a bunda e foi isso aí.

Achamos uma extensão e ligamos a copiadora, a luz piscava, mas nada acontecia quando apertávamos o botão de copiar. Eu o observava enquanto ele repassava uma lista de possíveis problemas, sempre sussurrando:

— Não, ok, não. — E prosseguia, abrindo a máquina, mexendo aqui e ali.

No exato momento em que eu ia sugerir que desistíssemos, Zeke disse:

— Ah, espera aí!

Eu o vi enfiar os dedos na copiadora e, com delicadeza, puxar devagar uma folha de papel amassada, dobrada feito um acordeão, como se a copiadora tivesse feito um origami, e em seguida me entregar a folha. Eu a alisei. Era a bunda de um dos meus irmãos idiotas.

— Estava emperrada aí dentro — declarou ele, sorridente.

Zeke espalmou a mão no vidro e fez uma cópia, que demorou um tempo, e ali estava sua mão, todas as linhas atravessando a palma. Funcionou. Sabia que isso não fazia de Zeke um gênio, mas o tornava mais inteligente do que meus irmãos, os únicos garotos com os quais eu convivia, por isso imaginei ter feito uma boa escolha para o verão.

— Se eu passasse a mão pelo vidro — disse ele —, ficaria que nem uma animação. Que nem desenho animado.

— Mas a gente precisaria de uma máquina para virar as folhas — falei. — Ou uma câmera de *stop-motion*, né?

— Acho que sim — confirmou, meio decepcionado.

Ainda assim, passamos a hora seguinte dando voltas na garagem, pegando objetos para colocar no vidro da copiadora. Curtíamos o fato de que, com objetos muito grandes, a imagem ficava distorcida, parecia irreal. Em seguida, achei uma revista *Vogue* antiga e arranquei uma foto da Cher, com seu longo cabelo preto e delineador esfumaçado. Apertei o botão, mas arrastei a foto no vidro. A cópia que a máquina cuspiu mostrava metade do rosto de Cher como sempre, mas o restante da imagem borrava a página, riscava, como se ela estivesse derretendo para os lados.

— Ih, que maneiro! — disse Zeke, impressionado.

Ele arrancou uma folha com uma modelo qualquer e fez um zigue-zague com a imagem enquanto a máquina emanava luz. Não ficou muito claro, mas o resultado foi psicodélico, um tanto agourento.

— Dá para fazer arte com uma copiadora? — perguntei.

Ele sorriu.

— Quem sabe? — respondeu. — Por que não?

Éramos adolescentes nos cafundós do Tennessee. Não conhecíamos Arte Xerox, nem Andy Warhol, nem nada disso. Acreditávamos ter inventado aquilo. E acho que, para nós, tínhamos mesmo.

Imprensei um lado do rosto contra o vidro e o resultado me deixou parecida com um bebê no útero, minhas feições todas achatadas.

— Espera — disse Zeke. — Se a gente puser a cara lado a lado, vai ser que nem aquelas ilusões de ótica em que se vê ou duas caras de perfil ou um vaso. Né?

— Ah — falei —, está bem, vamos lá.

Então encostamos nossas caras no vidro, nossas bocas muito próximas.

— Espera — disse Zeke, aparentemente tranquilo com a proximidade de nossos lábios —, estou tentando achar o botão.

O resultado não parecia ilusão de ótica. Parecia dois mortos, duas crianças de repente tragadas por um buraco negro ou coisa assim.

— Mas está maneiro — disse Zeke. — Parece capa de álbum de banda de death metal.

— Vamos tentar de novo — sugeri, determinada. Achava que estávamos fazendo uma coisa importante. Achava, sei lá, que estava no controle. Estava tomando as decisões. E contanto que estivesse fazendo minhas escolhas, estava tudo bem.

Botamos nossas caras lado a lado, mas dessa vez, quando ele apertou o botão, avancei um pouco e o beijei, nossas bocas se tocando, a luz passando por nós devagarinho. Não parecia real, e era assim que eu achava que seria beijar. E precisávamos continuar até a copiadora acabar de zumbir. Meu primeiro beijo.

— Hmm — disse Zeke, batendo a cabeça na copiadora. — Por que você fez isso?

— Não sei — respondi, e era verdade. — Eu nunca tinha beijado alguém.

— Nem eu — contou ele.
— E achei que fosse um jeito bom de fazer isso — declarei.
— Tipo, é arte, sabe?

Olhamos a cópia que a máquina cuspiu. Ficamos muito feios, nossos rostos amassados, mas a escuridão ao nosso redor dava a impressão de que era um conto de fadas. Era assim que as pessoas ficavam quando se beijavam? Eu imaginava que não. Era assim que as pessoas ficavam quando se beijavam apoiadas no vidro de uma copiadora. É como a arte era, eu imaginava. Feia e bonita ao mesmo tempo.

— Desculpa não ter perguntado antes — disse, muito constrangida. — É que eu, sei lá, eu finalmente tive vontade de fazer isso. Para não ser tão assustador. Para eu poder seguir com a vida e ser normal.

Zeke não falou nada. Achei que talvez ele fosse me beijar de verdade, não pela arte, mas de verdade. Mas não fez isso. Sorriu, encabulado, como se fosse incapaz de controlar a boca, e disse:

— Talvez seja divertido.

Pensei que estivesse falando de beijar, mas me dei conta de que olhava para a copiadora.

— Dá para a gente fazer um troço bizarro com isso aqui — continuou.

— Bizarro — repeti, como se fosse uma palavra mágica, como se bastasse eu dizê-la em voz alta para meu mundo mudar.

Quatro

ACHO QUE NENHUM DOS DOIS ENTENDIA A DIFICULDADE DE se criar algo de qualidade. Éramos espertos, tirávamos notas excelentes. Os professores nos achavam prodígios porque sabíamos ler e escrever em um nível um pouco avançado, porque, se o fôssemos, eles não estariam desperdiçando a vida dando aula para uns maconheiros. Bom, acho que Zeke era inteligente mesmo. Frequentava uma escola particular chique de Memphis, onde se usava uniforme, onde tinha aulas de verdade sobre arte sequencial que valiam créditos. Mas naquele verão, longe da escola e das aulas e dos professores, estávamos por nossa própria conta, sem supervisão, e compreendemos que não sabíamos o que estávamos fazendo.

Ao longo da semana seguinte, nos sentávamos à mesa da cozinha e, enquanto tomávamos café instantâneo aromatizado, ele desenhava histórias em quadrinhos e eu escrevia meu romance da menina detetive no caderno, e, de vez em quando, nossas pernas se encostavam, a mínima fricção já fazendo meu sovaco suar em bicas. Tínhamos dezesseis anos. Como evitar que a vida se transforme em algo tão maçante a ponto de não interessar a ninguém? Como se tornar especial?

Fizemos colagens com os números antigos da *Glamour* da minha mãe, recortando as bocas de todas as modelos, os dentes perolados e lábios carnudos. Eu não sabia o que era mais horripilante, a pilha de bocas ou todas as fotos descartadas daquelas mulheres lindas, com buracos irregulares onde antes estavam as bocas. Cortávamos a palavra *beleza* sempre que ela aparecia, até cobrirmos uma folha inteira com a palavra, até parecer outra língua, irreconhecível para nós dois. Pegávamos todas as fitas com amostras de perfume, vinte ou trinta com nomes como Fahrenheit 180 e Ransom, e esfregávamos no pulso até o aroma misturado ficar tão intenso que passávamos mal. Mas eu esticava o braço e Zeke o pegava como se fosse o artefato precioso de um museu. E ele fungava sem parar, e eu rezava para ele não sentir meu cheiro, o que estava por baixo daqueles perfumes todos, porque sabia que era um cheiro intenso de desespero, de solidão.

E nos beijávamos. Era um tipo esquisitíssimo de beijo, em que nossos lábios se tocavam e ficavam grudados por dez minutos, mas o resto dos nossos corpos mal se encostavam. Seria muito mais fácil só transar, acabar logo com o assunto, mas eu tinha pavor de engravidar, de pegar uma doença. Tinha pavor do que meu corpo poderia fazer nessas circunstâncias, do que o dele faria. Então continuávamos vestidos da cabeça aos pés, as mãos junto ao tronco, nos beijando até ficarmos de boca vermelha e dolorida. Ele tinha gosto de aipo, igual à comida para coelho, sempre, e eu adorava. Tinha medo de perguntar a ele que gosto eu tinha.

E então, uma vez, quando estávamos sentados no sofá da sala, nos pegando, minha mãe abriu a porta e entrou em casa.

— Opa — disse ela quando nos viu, um barulho de sucção quando nos desgrudamos e corremos para lados opostos do sofá. Ela sorriu, tentando não rir. Zeke pegou a carteira de velcro e examinava a carteirinha da biblioteca, como se fosse muito importante verificar se ainda estava ali. Eu continuei sentada, olhando para meus pés, os lábios formigando. — Bom... olá — cumprimentou minha mãe. — Quem é o rapaz?

— Este é o Zeke — enfim apresentei, meu rosto ardendo de vergonha. — Ele acabou de se mudar para cá.

— Ok, ok, ok — disse minha mãe, assentindo. — E aí, Zeke?

— Olá, senhora... hmm... Olá — respondeu ele. — Não sei qual é o sobrenome da Frankie.

— Bom, o sobrenome dela é diferente do meu, de qualquer forma — explicou ela. — Mas pode me chamar de Carrie.

— Olá, Carrie — disse ele, ainda segurando a carteirinha da biblioteca, como se talvez minha mãe fosse pedir para vê-la.

— A gente tem passado um tempo juntos — declarei. — O Zeke é artista.

— Ah, legal — disse minha mãe, ainda assentindo, tentando entender por que cargas-d'água eu estava com um garoto dentro de casa, já que nunca tinha saído para um encontro e, pelo que ela sabia, não falava com meninos havia anos.

— Eu desenho — falou Zeke.

— Então vocês dois montam uma colônia de artistas aqui em casa quando todo mundo sai? — questionou ela.

— É meio que isso? — falei.

— Bom, foi um prazer te conhecer, Zeke. A Frankie não me contou nadica de nada sobre você, mas fique à vontade para vir para cá a hora que quiser. Aliás, quer jantar com a gente hoje? Eu adoraria saber mais sobre você.

— Bom, não sei — respondeu Zeke, olhando para mim. — Acho que eu podia perguntar para a minha mãe se tudo bem.

— Sim — disse minha mãe. — Se ela quiser falar comigo, fico feliz em testemunhar a favor da Frankie. Porque tenho certeza de que você falou para a sua mãe sobre a amiga bacana que você fez. Tenho certeza de que você contaria uma coisa importante dessas para a sua mãe.

— Mãe, é que... — comecei, mas desisti. Sabia que ela não estava chateada de verdade. Não era esse tipo de mãe.

— Minha mãe está... ela anda preocupada com outras coisas — explicou Zeke. — Acho que ela não vai se importar.

— Então está combinado — decretou minha mãe. — Vim em casa só pegar uma coisa, mas tenho que voltar para o trabalho. Acho que... Acho que a gente se vê quando eu voltar.

— Foi um prazer te conhecer — disse Zeke, por fim guardando a carteirinha da biblioteca na carteira e fechando o velcro.

E então ela foi embora. E ficamos só eu e Zeke.

— Talvez a gente devesse fazer arte — falou ele, assim mesmo, como se arte fosse pipoca de micro-ondas. Como se, caso alguma coisa fosse nos impedir de transar, de fazer algo de que fôssemos nos arrepender, essa coisa seria a arte.

— Está bem — falei, ainda corada, com gosto de aipo na boca —, vamos fazer arte.

Nós nos ajoelhamos no chão da garagem bolorenta, morrendo de calor, fazendo cópias de tudo que parecesse interessante. Achei uma foto de meus pais e usei a tesoura para criar uma separação dentada entre os dois, cortando a foto ao meio. Colei os dois nas bordas de um papel fino e em seguida Zeke fez uns desenhinhos no espaço entre eles, cobras enroladas em facas, raios, um punho despontando de um túmulo. Depois pusemos a folha na copiadora e olhamos para a imagem em preto e branco que ela cuspiu. Fiquei triste. Pensei se aquele não era o objetivo da arte, talvez, fazer a pessoa enxergar coisas que sabia não poder exprimir em voz alta.

— Nada mau — elogiou Zeke. — Ficou bem maneiro.

— Eu meio que estou com vontade de jogar fora — declarei. — Acho que eu ficaria péssima se minha mãe visse isso.

— Acho que talvez o papel da arte seja deixar sua família incomodada — sugeriu.

— Bom, acho que eu ainda não sou artista — falei —, porque eu não quero que ela veja. — Amassei o original e a cópia e taquei tudo na lixeira.

Nós nos sentamos no chão de cimento sem saber direito o que fazer. Queria dar mais uns beijos, mas achei esquisito pedir. Zeke estava pensando em alguma coisa e esperei para saber o que tinha resolvido.

— O problema — disse ele — é que isso é tudo muito pessoal. A gente está só inventando essas coisas e, como a gente está aqui na sua garagem, não parece que é arte. É como se fosse um troço que você bota dentro do diário e ninguém mais vê, só você.

— Bom, a cidade não tem nem um museu ou galeria de arte — respondi. — Então nem se a gente quisesse daria para expor.

— Não é verdade — disse ele. — Em Memphis, tem grafiteiros e eles transformam qualquer espaço em uma galeria.

Eles, tipo, sobem em um prédio, botam a assinatura deles e somem sem que ninguém veja quem são. E é maneiríssimo. Às vezes uma assinatura fica um tempão lá, se a prefeitura não se der ao trabalho de pintar por cima ou apagar.

— Eu não sei grafitar — declarei.

— Bom, eu também não sei, mas a gente pode fazer alguma coisa desse tipo, né? Temos a copiadora, né? A gente pode primeiro criar uma assinatura e depois sair colando por aí. Vai ser mais rápido e mais difícil alguém pegar a gente.

— Por que alguém iria querer pegar a gente? — indaguei. — É ilegal colar pôster?

— Não sei. Pode ser que seja uma zona cinzenta na legislação. Assim, não é permanente, então pode ser que não seja. Mas, sendo sincero, seria melhor se fosse segredo.

— Então... espera aí... agora você não quer que ninguém saiba que a gente fez a arte?

— Acho que não. Vai ser só eu e você. Ninguém nunca vai saber. A gente vai colar a arte por aí, ou, quem sabe, escondê-la pela cidade inteira, e o pessoal vai ficar tipo: "Quem foi que fez esse troço maneiro?". E a gente vai ficar tipo: "Uau, caramba, sei lá. Aposto que foi alguém muito maneiro", e vamos sair assobiando com a mão enfiada no bolso.

— Bom — falei enfim, tentando entender. — Acho que sim.

— Então agora a gente precisa de uma assinatura — decretou ele.

— Qual devia ser? — perguntei.

— Alguma coisa confusa. Bem bizarra. Tipo um enigma ou uma charada que ninguém consiga solucionar. E que vai tirar a cidade inteira do sério.

— Como é que a gente faz isso? — perguntei.

— Você é escritora, não é? — disse, sorridente, agitado, entusiasmado. — Você escreve alguma coisa bem esquisita e eu faço uma ilustração em volta. E a gente faz umas vinte cópias. E cola pela cidade.

— O que eu escrevo? — indaguei, ainda sem entender.

— Qualquer coisa! — falou. — Alguma coisa bem bizarra. Que não tenha significado, mas que também meio que signifique alguma coisa.

— Que complicado — confessei.

— Não — disse ele, e agora estava empolgadíssimo. Os olhos brilhavam como em um desenho animado, tão pretos que a luz cintilava nas pupilas. — Não pensa muito. Escreve qualquer coisa.

— Não consigo — declarei. Eu me achava incapaz de fazer jus ao entusiasmo dele e portanto seria um fiasco. — Não consigo escrever qualquer coisa.

— Consegue, sim — insistiu. — Você é uma escritora maravilhosa. É só... aqui... — Ele pegou uma folha de papel e colocou na minha frente. — Escreve o que passar pela sua cabeça.

— Sobre o quê? — perguntei, quase chorando.

— Sobre Coalfield. Sobre essa cidade. Sobre a sua vida. Sobre o merda do seu pai. Sobre o que você quiser.

Peguei um lápis e respirei fundo, como se tentasse absorver todas as palavras do idioma. E comecei a batucar na folha, deixando pontinhos minúsculos. *Toc-toc-toc-toc*, e continuei batucando. E tentei. Pensei no sol, na claridade lá fora, que o mundo estava esquentando, que em breve entraria em superaquecimento e todos morreríamos. Mas não era isso o que eu queria dizer. Pensei em minha meia-irmã, Frances, e que eu poderia pegar todos os meus dentes de leite, que guardava em um saquinho plástico, e ir de carro até onde meu pai morava e entregar tudo a ela, como um presente. Pensei na boquinha esquisita, torta, de Zeke. Pensei no livro que estava escrevendo, da menina que era uma gênia do crime. O nome dela era Evie Fastabend. Vivia chamando o esconderijo dela, uma cabaninha abandonada na mata, de *beira*. Era a senha que usava quando queria cometer crimes. *Preciso ir para a beira*, ela anunciava, e então pedalava até a mata, até o barraco bambo, onde guardava uma arma enrolada em uma camiseta velha. *A beira*, pensei. *A beira. A beira. A beira. A beira.*

E então escrevi. *A beira é uma favela*, e respirei fundo de novo, depois de me dar conta de que tinha ficado esse tempo todo sem respirar. Minha visão ficou nublada. Zeke tocou meu ombro.

— Está se sentindo bem? — perguntou, mas eu já estava escrevendo mais: *cheia de gente procurando ouro.*

Zeke olhou a folha por cima de meu ombro.

— Está... ok, está maneiro — disse ele. — Gostei.

A beira é uma favela cheia de gente procurando ouro. Somos fugitivos, escrevi. Uma vozinha em minha cabeça me mandava anotar. E eu sabia que essa voz, essa voz baixinha, insistente, não era Deus nem uma musa qualquer nem ninguém no mundo além de mim. Era minha voz. Essa voz era minha e de mais ninguém, e eu a ouvia claramente. E ela não tinha terminado.

A beira é uma favela cheia de gente procurando ouro. Somos fugitivos, e a justiça está seca de fome atrás de nós.

E então a voz sumiu. Foi embora, voltou para dentro de mim. E eu não sabia se um dia ela voltaria. E enfim li o que estava no papel.

— Somos fugitivos — falei para Zeke, sorridente. Eu estava começando a rir, um soluço de gargalhada. — Somos fugitivos? — perguntei a ele.

— E a justiça está seca de fome atrás de nós — continuou ele, sorrindo, apesar de aquilo não o menor sentido. Não queria dizer nada. Mas Zeke entendeu. Só isso importava.

Era a melhor coisa que eu já havia escrito. Soube na mesma hora. E nunca mais escreveria nada tão bom. Soava perfeito aos meus ouvidos.

Zeke e eu nos agachamos no chão duro da garagem, repetimos a frase uma vez, e outra vez, e outra vez, até virar uma senha. Se tornou uma senha para tudo o que pudéssemos querer. Virou uma senha que, caso nos reencontrássemos dali a cinquenta anos, poderíamos recitar palavra a palavra e saberíamos. Saberíamos quem éramos.

— Posso te beijar? — perguntou Zeke, e preferia que não tivesse perguntado. Mas também achei bom que tivesse perguntado, que não tivesse se aproveitado de mim naquele momento.

— Pode me beijar — respondi, e então nos beijamos, e senti a pontinha da língua dele tocar meus dentes e senti um arrepio. E durante o tempo todo que nos beijamos, eu não parava de pensar *Somosfugitivossomosfugitivossomosfugitivos*, e entendi que a justiça, fosse ela a merda que fosse, estava seca de fome atrás de nós.

Cinco

MINHA MÃE CHEGARIA EM CASA ÀS CINCO. OS TRIGÊMEOS, EU não fazia ideia, mas podia contar com a ausência deles enquanto cheiravam cola ou transavam com garotas em fábricas abandonadas. Parecia que uma bomba estava prestes a explodir e precisávamos desativá-la sem manual. Ou talvez estivéssemos montando a bomba. Vai saber. Tinha a impressão de que algo estava em jogo, é o que estou tentando dizer. Queria continuar beijando Zeke, mas a vontade competia com a emoção de criar alguma coisa. Tínhamos as palavras. Nossa senha. A beira. Fugitivos. A lei. Mas precisávamos dar um ar bacana.

Zeke tinha um monte de canetas e lápis profissionais legais e caros, Pentel e Micron, e uma caneta-pincel japonesa, mas peguei um marcador preto Crayola e pus as mãos à obra. Como era muita palavra para encaixar em uma folha de papel, tive que escrever em letras pequenas para deixar espaço para as ilustrações de Zeke, mas queria que a escrita fosse marcante o suficiente para ser lida sem dificuldade. Atrás de mim, Zeke sussurrava as letras seguintes, *F... U... G... I*, e gostei de sentir a respiração dele em minha nuca, mas mantive a mão firme.

Quando terminei, Zeke arrancou o papel da minha mão antes que eu sequer pudesse reler a frase, e começou o trabalho com as canetas todas. Eu sabia que ele tinha uma ideia finalizada na cabeça, porque movimentava a mão de um jeito bastante intencional, embora não conseguisse impedir os tremores da empolgação de ameaçarem estragar tudo. Começou traçando linhas grossas, riscando-as pela folha como pequenas cicatrizes, e, depois de ter noção da escala, fez umas cabaninhas lindas, uma fileira delas, os telhados afundando. Desenhou fragmentos de detritos, um carro velho escangalhado, uma matilha de cães selvagens. E então, no céu, desenhou quatro camas, as cabeceiras feito catedrais góticas, inúmeras crianças enroladas nas cobertas. Por fim, afastou o papel, quase como se tivesse se desligado da imagem, e a examinou com o olhar fixo. Também examinei como os desenhos tocavam nas minhas palavras, como nossos cérebros tinham se tornado uma coisa só. E então, tomando o cuidado de dar a volta nas palavras que eu havia escrito, ele se debruçou sobre o papel e desenhou duas mãos gigantes, incorpóreas, os dedos atrofiados e irregulares, quase fulgurante o jeito com que fez a forma delas ecoar pela folha. As mãos pareciam tentar pegar as crianças nas camas, mas estavam suspensas, sem nunca conseguir tocá-las.

— Pronto — decretou ele, por fim. — É isso.

— Acabou? — perguntei, não muito convicta de mim, de nós.

— Sei lá — confessou Zeke. — Mas pode ser.

— Conseguimos — falei, como se fosse incapaz de acreditar, embora fosse só um papel.

— Mas ninguém vai saber. Só eu e você.

— Combinado — concordei.

— Mas a gente tem que fazer alguma coisa que a torne nossa — afirmou ele, pegando o saco fechado de materiais de arte e tirando um estilete, o que me fez enrijecer um pouco, afastar meu corpo do dele, que pairava com a lâmina.

— Sangue — explicou, é claro que foi o que disse. O que mais tínhamos, dois adolescentes idiotas, além do sangue dentro de nós?

— Sangue? — indaguei.

Como mencionei, não gostava muito que tocassem em mim, em especial com objetos afiados.

— Na folha — disse ele. — É simbólico, né? É uma metáfora? Espera aí, o que é uma metáfora?

— Não é sangue — respondi, mas quem era eu para dizer?

— Eu acho certo — admitiu, deslizando a lâmina entre os dedos.

— Então tudo bem — concordei, decidida a confiar nele.

Zeke apertou a lâmina contra a ponta do dedo, e vi a pele dele resistir. Fiquei tonta. Por fim, a lâmina cortou a pele, e ele arfou, e depois não havia nada. Só um ou dois segundos ou nada, e então, como se fosse conjurada, como um truque de mágica, uma bolhinha de sangue veio à superfície. Ele largou o estilete e apertou o dedo até o sangue escorrer.

— Agora você — falou. Titubeei. — Não dói — incentivou ele, e eu acreditei.

Peguei o estilete, levei-o ao dedo médio esquerdo e apertei a lâmina contra a pele. Mas minha mão escorregou um pouquinho, ou talvez eu tenha ficado com medo no último segundo, porque arrastei a lâmina pelo dedo, abrindo-o, e o sangue surgiu tão rápido que tive a sensação de que ia desmaiar.

— Cacete! — berrou Zeke.

— Acho que fiz merda. — Ele pegou a ponta da camiseta e a enrolou em volta de meu dedo, se esquecendo da própria ferida. Não havia muito sangue, não tanto quanto parecia no começo, mas o bastante para nos assustarmos. Ainda éramos crianças, tínhamos medo de arrumar encrenca. Eu estava sangrando, mas não sabia o que fazer.

— No papel — disse ele —, tipo, deixa pingar no papel?

— Dava para perceber que ele não sabia o que estava fazendo, mas afastei minha mão da dele e a balancei em cima do papel, como se tentasse secá-la com o ar, e o sangue pingou para tudo quanto era lado, deixando pintas em meu rosto. Zeke precisava apertar o dedo para extrair alguma coisa, mas também acabou conseguindo deixar um pouco no papel. Quando senti que já tinha feito o suficiente, enfiei o dedo na boca, o gosto de ferro na língua, e depois o enrolei na blusa.

O sangue, gotas e mais gotas, parecia estrelas no céu, constelações esquisitas, símbolos e sentidos. Era lindo, como se tivéssemos criado um universo.

— A gente tem que deixar secar — explicou ele, como se tudo fosse absolutamente normal — para depois fazer as cópias.

Então ficamos sentados no chão da garagem empoeirada e abarrotada, cercados por objetos que ninguém queria. Eu precisava de um curativo para o dedo, mas não queria me mexer. E Zeke perguntou se poderia me beijar outra vez.

— Minha boca está com gosto de sangue — confessei.

— Não tem problema — comentou. Então deixei que me beijasse. E mesmo ali, naquele instante, eu já entendia que aquilo era importante. Sabia que minha vida inteira remontaria àquele instante, meu dedo sangrando, a boca linda e estropiada daquele menino na minha, uma obra artística entre nós. Sabia que provavelmente acabaria comigo. E tudo bem.

Depois que a nossa boca começou a doer, voltamos para dentro de casa e pegamos curativos no banheiro para eu me cuidar da melhor forma possível. Talvez tivesse que levar pontos, mas o corte era tão preciso que eu tinha a sensação de que, com um pouquinho de pressão, a pele se reconstituiria, como se nada tivesse acontecido. Zeke não precisava de nada, o sangue já tinha secado, mas mesmo assim pôs um curativo no dedo. Eu me perguntei se não seria um sinal de que, o que quer que acontecesse no verão, eu é que sairia com as cicatrizes.

Em seguida, voltamos para a garagem e botamos nossa obra de arte na copiadora. Fechamos a tampa e, após um segundo de hesitação, apertamos o botão juntos. A máquina chiou, retumbou e achei que talvez dali só saísse uma fumaça preta espiralada, mas não, era apenas nosso papel, copiado. Agora tínhamos dois. Agora já era um pouquinho menos especial, mas talvez eu estivesse olhando pelo ângulo errado. Talvez a força dela tivesse dobrado. Algo havia acontecido, era só isso que importava. Observamos a cópia, não era o original com exatidão, tudo estava um pouquinho borrado nas bordas, um pouquinho mais onírico. Nada seria tão perfeito quanto a que tínhamos feito juntos, só nós dois. Mas tudo bem. Só precisávamos de mais cópias.

— Dez cópias? — perguntou Zeke, e a máquina zumbiu, o tempo passou, e tínhamos mais dez cópias.

— Quem sabe, sei lá, mais dez? — sugeri, e Zeke concordou.

Mais dez, e sentimos o peso das cópias. Não pareciam bastar.

— Mais cinquenta? — perguntou ele.
— Acho que cem.
— Legal.

— Acho que a gente sempre pode fazer mais depois — declarei, porque, sério, de verdade, eu queria fazer um milhão delas naquele instante.

Então fizemos mais uma centena. Estávamos com 120 cópias daquele troço bizarro. Parecia uma alquimia, como todas aquelas vassouras de *Fantasia*, como se o mundo enfim fosse grande o bastante para as coisas que nos interessavam, coisas que nós mesmos faríamos.

Terminamos as cópias, cobrimos a fotocopiadora de novo e pusemos as quinquilharias em cima dela para ninguém descobrir o que andávamos fazendo. Catamos nossas coisas e voltamos para dentro de casa. Zeke contou sessenta para ele e sessenta para mim, e as enfiamos na mochila. Em breve minha mãe e meus irmãos chegariam em casa. E eles não teriam ideia do que havíamos feito. Talvez pensassem que tínhamos transado, os idiotas, os burros. Não saberiam o que havíamos colocado no mundo.

— E o original? — perguntei, levantando o papel.

— Você guarda — disse ele, talvez no ato mais doce que alguém já tenha feito por mim na vida. Eu torcia por isso, não queria que saísse das minhas mãos. — É — continuou. — A copiadora é sua, né? Então você fica com o original. Mas toma cuidado. Não perde. Não deixa ninguém achar. Nunca. Você tem que guardar pelo resto da vida, ok?

— Vou guardar — declarei, mais séria do que nunca.

— A beira é uma favela cheia de gente procurando ouro — repetiu.

— Somos fugitivos — continuei, sorridente —, e a justiça está seca de fome atrás de nós.

E ficamos na sala, sem saber o que fazer depois. Na nossa cabeça, ambos repetíamos as palavras, várias vezes, até decorá-las.

Ficamos sentados, as palavras rolando sem parar, várias e várias vezes, até não significarem mais nada, várias e várias vezes, até significarem alguma coisa, várias e várias vezes, até significarem tudo.

Tudo bem, sim, talvez estivéssemos pirando. Tínhamos nos beijado e nossos cérebros puritanos não aguentaram, por isso inventamos um mantra que destravaria os mistérios do universo. Tínhamos criado sentido onde não havia um, mas, sei lá, arte não é isso? Ou pelo menos acho que é desse tipo de arte de que eu gosto, em que a obsessão da pessoa toma outras pessoas, as transforma. Mas na época eu não tinha qualquer teoria. Tinha apenas aquelas palavras, aquelas crianças na cama e as mãos gigantes tentando pegá-las. O sentido teria que vir depois.

MINHA MÃE APARECEU COM QUATRO PIZZAS GRANDES DA Twins, uma alegria rara, e percebi que estava tentando impressionar Zeke. Não queria lhe contar que Zeke era de Memphis, uma cidade de verdade, e não se impressionaria com pizza. Mas, de verdade, Zeke parecia empolgadíssimo em comer pizza.

— Como está ficando a arte? — perguntou ela ao entrar correndo na cozinha.

— Ótima! — bradamos, alto demais.

Tenho certeza de que minha mãe pensava que andávamos explorando o corpo um do outro, o que me dava vontade de vomitar, mas ela apenas assentiu. Era um troço esquisito. Antes do divórcio, minha mãe era meio rigorosa, os trigêmeos sempre fazendo merda e ela tentando ser firme ao brigar com eles. Não tinha paciência com gente que pudesse complicar mais a vida dela ou lhe dar mais trabalho, vivia revirando os olhos diante da burrice de todo mundo. Fazia listas que ninguém olhava. Fechava muito a cara. Eu tinha um pouco de medo dela, embora soubesse que me amava. E, apesar de saber que tinha lhe feito mal, o divórcio também parecia tê-la feito relaxar, como se uma coisa ruim enfim tivesse acontecido e não precisasse mais esperar que acontecesse. Ela se acalmou. Os trigêmeos, se ateassem fogo ao Dairy Queen, bom, não seria problema dela. Se eu quisesse convidar um garoto desconhecido para ir lá em casa e ficar com ele, quem era ela para intervir? Estávamos comendo pizza em dia de semana. Era a mãe mais maneira de Coalfield.

Um por um, como se a fotocopiadora os cuspisse, os trigêmeos chegaram em casa se arrastando, todos fedendo a maconha e óleo de batata frita. Falamos que tinha pizza, e eles apenas resmungaram e sumiram no quarto que dividiam. O cheiro desse quarto, o ar. Não sei nem descrever.

Minha mãe pôs as pizzas no forno para que não esfriassem, e Zeke e eu começamos a arrumar a mesa.

— O que foi que aconteceu com a sua mão? — perguntou.

— O quê? — indaguei, deixando um garfo cair na mesa, uma barulheira.

— E a *sua* mão? — perguntou ela a Zeke, apontando para a ferida minúscula, risível.

— Hmm — murmurou Zeke, como se a pergunta fosse filosófica.

— Vocês dois fizeram um pacto de sangue? — questionou minha mãe, como se tivesse ouvido falar do assunto por meio de Phil Donahue.

— Não! — respondi, alto demais. — Caramba, mãe, a gente não fez nenhum pacto de sangue, não.

— Não é higiênico — declarou minha mãe, com muita delicadeza.

— Eu cortei o dedo fatiando umas maçãs para fazer um lanchinho saudável — inventei. Zeke confirmou, embora parecesse um pouco aflito, como se quisesse ter pensado nisso.

— E isso aqui — disse ele, levantando o dedo para que minha mãe o inspecionasse — foi, tipo, um acidente anterior. Já cheguei aqui hoje com esse Band-Aid no dedo.

— Ah — disse minha mãe —, tudo bem, então. — Ela sorria como se pensasse: *que importância tem?* Já tinha nos visto ficando. Sabia que alguma coisa estava acontecendo. — Meninos! — berrou para meus irmãos, fazendo Zeke estremecer. E eles entraram na cozinha. Acho que ainda não tinham reparado que Zeke estava ali. Foi só quando todos estavam sentados, comendo pizza, e minha mãe fez uma pergunta a Zeke que meus irmãos ergueram os olhos, espantados com o nome estranho, o garoto estranho na nossa casa. Em seguida, voltaram a devorar a pizza. — Então — perguntou minha mãe a Zeke —, o que o traz a Coalfield?

— Bom — começou ele, olhando para mim como se tivéssemos ensaiado a resposta mais cedo —, a gente está aqui só visitando minha avó. Minha mãe foi criada em Coalfield.

— Ah, é mesmo? — respondeu minha mãe, conseguindo avançar na conversa. — Como ela se chama?

— Cydney — respondeu Zeke. — Cydney Hudson quando ela morava em Coalfield.

— Ah! — exclamou ela, os olhos arregaladíssimos. — Eu conheço a Cydney! Ela estava uns anos abaixo de mim na escola. Ela era, como é mesmo que se fala, tipo uma criança genial.

— Prodígio? — sugeriu Zeke.

— Exato. Uma musicista prodígio.

— É isso mesmo — confirmou ele. — Quer dizer, foi o que minha mãe me contou. — Ele se virou para mim e disse apenas: — Violino.

— Ela ganhou uma bolsa chique da Juilliard, eu me lembro disso. Não a vejo desde essa época.

— É ela mesma — respondeu Zeke.

— Ela é famosa? — perguntou minha mãe, um pouco deslumbrada. — Digo, nos círculos de música clássica?

— Não — disse Zeke. — Acho que não.

— Ah — lamentou minha mãe, muito decepcionada. — Foi tão incrível quando ela ganhou a bolsa. Lembro que o jornal fez uma matéria enorme sobre isso. E ela era uma prodígio. Não pensei muito nela, mas quando pensava, eu a imaginava em Nova York, fazendo concertos para o primeiro-ministro do Japão, sei lá.

— É, não — disse Zeke, encarando os fracassos artísticos da mãe com tranquilidade, preciso admitir. — Minha mãe fala que todo mundo da Juilliard era prodígio. Ela arrumou um emprego na Orquestra Sinfônica de Memphis, conheceu meu pai, eles se casaram e, pelo que imagino, sabe, ela me teve.

— Bom... que ótimo — disse minha mãe. — Fale para ela que Carrie Neal mandou um oi.

— Vocês dois estão namorando? — interrompeu Andrew, apontando Zeke com a ponta da fatia de pizza de um jeito que só meus irmãos conseguiam tornar ameaçador.

— Não! — exclamei, esticando o braço para Zeke em vão, como se um carro parasse de forma brusca e eu o protegesse.

— Não? — questionou minha mãe, achando graça. — É mesmo?

— Bom — disse Zeke, olhando para o prato vazio —, assim, é complicado, né?

Queria que ele calasse a boca, que não desse aos meus irmãos algo que pudessem usar contra mim, mas ele continuou.

— Estou só passando o verão aqui, então é... temporário, sabe... uma situação transitória.

— Transitória não me soa muito animador — declarou minha mãe.

— Nós somos amigos — falei, por fim. — Somos *AMIGOS*.

— Bons amigos — acrescentou Zeke, e eu fiz que sim para ele, como se falasse: *É, dã*, mas também como se falasse: *Cala a boca, meus irmãos vão tentar acabar comigo*.

— Bom, eu acho ótimo que a Frankie tenha encontrado um amigo tão bom para curtir o verão.

— A Frankie não tem amigos — explicou Brian, como se talvez ele fosse burro e não entendesse o quanto eu era esquisita.

— Bom — disse Zeke, agora esticando o braço para pegar mais uma fatia de pizza —, então fico honrado. — E eu fiquei tão vermelha que todos os trigêmeos fizeram a mesma cara satisfeita, a missão deles estava cumprida, antes de retomarem o extermínio do resto da pizza.

Depois que lavamos a louça, falei para minha mãe que Zeke e eu íamos sair para tomar sorvete no Dairy Queen e em seguida eu o levaria para casa. Ela apertou a mão de Zeke e disse que ele parecia ser um rapaz legal, e Zeke ficou chocado, mas se esforçou para sorrir. Pegamos as mochilas, as cópias da nossa arte escondidas dentro delas, e fomos embora.

E não sei explicar direito a esquisitice dessa sensação, de sairmos de casa pela primeira vez depois de muitas, muitas horas. Estávamos na rua, a céu aberto, e as cópias estavam conosco. Tudo parecia muito maior, mais importante. Foi, de verdade, meio difícil respirar.

— Está pronta? — indagou Zeke, cheio de ternura, era um garoto gentil.

— Acho que sim — declarei, apesar de não ter certeza.

— Aonde a gente vai? — perguntou, e eu pensei: *O quê?* — Onde a gente vai colar essas cópias? — continuou ele. — Eu não sou daqui, não sei qual é o melhor lugar para elas terem o máximo de exposição.

— Ah! — exclamei. — Imagino que à praça. Tem um cinema e uma sorveteria. O tribunal fica no meio dela, se a gente quiser levar a questão, sei lá, para o lado político.

— Está bem — concordou ele. — Vamos para a praça.

Entramos no carro e não trocamos qualquer palavra durante os doze minutos que levamos para chegar lá. Havia uma boa quantidade de adolescentes perambulando na porta do cinema, e de repente me passou pela cabeça o vexame que seria se alguém me visse colando o pôster.

— Quem sabe — sugeri —, ali, onde fica a companhia de seguros? — As luzes estavam apagadas, estava fechado, o cartaz de uma rifa dos escoteiros na vidraça.

— É — respondeu Zeke. — Boa ideia.

Então descemos do carro, a mochila pendurada nos ombros, e andamos com naturalidade, tão natural que nem vale a menção, até a porta da companhia de seguros.

— Vamos usar uma das suas? — perguntou Zeke, parecendo muito nervoso, meio que suando de calor. O sol ainda não tinha se posto por completo. Estávamos muito expostos. Mas ninguém ligava. Éramos invisíveis.

— É, a gente pode usar uma das minhas — respondi, e fui cuidadosa ao abrir a mochila. Peguei uma folha, mas havia outro papel grudado nela, que veio junto, e tentei, sem jeito, fazer com que o papel desgarrado entrasse na mochila, mas não dava certo. Por fim, desisti, amassei o papel, enfiei de qualquer jeito no bolso, peguei a folha limpa e... pois bem. Naquele instante me dei conta de que não tínhamos fita adesiva. Não tínhamos como colar nossa arte. — Como eu faço para colar? — indaguei, apertando a imagem contra a vidraça como se fosse grudar de alguma forma.

— Que merda — sussurrou Zeke, os olhos arregalados. — Puta que pariu. Acho que a gente vai ter que abortar a missão.

— Vamos voltar para o carro — falei —, para pensar em um jeito.

Fomos meio que abaixados, de um jeito bastante suspeito, para o carro, me atrapalhei com as chaves na hora de destrancar as portas e nos enfiamos nos bancos da frente.

— Não foi muito bom — admitiu.

— A gente precisa de fita adesiva. Prego. Tachinha. Grampo. Um grampeador industrial.

— Onde é que a gente arruma essas coisas?

— No Walmart? — sugeri. — Eles têm quase tudo.

— Ok, vamos lá — disse ele, visivelmente abatido.

— Quer tentar de novo outra hora?

— Não — respondeu, muito petulante. — Tem que ser hoje à noite.

— Está bem. Então vamos comprar o material. — Por que, fiquei matutando, era tão difícil fazer arte de verdade? Por que nunca saía exatamente como você havia imaginado? Por que eu e Zeke estávamos condenados a viver uma vida de artistas? Mas a gente daria um jeito, resolvi. Iríamos ao Walmart. Nada nos deteria.

Nós nos separamos no instante em que entramos na loja, e comprei o grampeador industrial e os grampos enquanto Zeke entrava em outra fila e comprava fita crepe e tachinhas, pois achávamos que era isso o que gênios do crime fariam. Estava eufórica, olhando para Zeke, a alguns caixas de distância, e nós dois sorrimos, muito felizes por estarmos mais próximos do nosso objetivo. Nós nos reencontramos perto da entrada, e reparei no quadro de avisos que tinha pôsteres de crianças desaparecidas e vários anúncios.

Pus a mão no bolso e peguei a cópia que tinha amassado mais cedo. Zeke ficou assustado, esticou a mão de modo instintivo para pegar a folha, mas me desvencilhei dele.

— Agora? — perguntou ele, e eu fiz que sim.

Entreguei minha sacola de compras a Zeke e me esforcei para alisar o papel, o efeito dando personalidade à cópia, como se fosse um mapa antigo ou algo do tipo. Peguei uma tachinha de um pôster de criança desaparecida, um menino chamado Zachary sumido havia dois anos, e pendurei nossa obra no canto do quadro de avisos. Ficamos ali um segundo, olhando, aquelas mãos, minhas palavras. Parecia certo. Essa era a parte boa de termos mais de uma centena de cópias do nosso pôster: não precisávamos nos preocupar muito com a escolha de lugares. Se colássemos pôsteres o suficiente, a arte cumpriria a verdadeira função dela.

— Está incrível — disse a Zeke, que concordou. Ele estava muito nervoso, sempre olhando ao redor para ver se alguém havia nos notado, mas ninguém se importava. — Vamos continuar — falei, e entramos no carro, correndo de volta à praça, deixando um pedaço de nós para trás, esperando ser descoberto.

———

QUANDO DEIXEI ZEKE NA CASA DELE E VOLTEI PARA MINHA, JÁ tínhamos colado 63 posteres, agindo o mais rápido possível, despercebidos. Prendemos em postes de telefone, grudamos nos vidros de estabelecimentos comerciais, nós os dobramos e escondemos nos corredores do mercado. Cobrimos um muro de tijolos atrás do cinema, na praça, com fileiras e mais fileiras. Colamos alguns em caixas de correspondências no trajeto até a casa da avó de Zeke. E ainda tínhamos muitos. Mas também, em minha cabeça, não o suficiente. Precisávamos colar mais. Na cidade inteira. Queria ter um avião para sobrevoar Coalfield e jogar cópias e mais cópias para cidadãos que seriam pegos de surpresa. Achava que a experiência toda devia ser parecida com a de usar drogas. Era a onda de fazer uma coisa bizarra sem saber quais seriam as consequências. Imaginei que os loucos dos meus irmãos já teriam sentido aquilo tantas vezes que estavam imunes ao sentimento. Mas para mim e para Zeke, bobos bem-comportados, era incrível. E estávamos juntos. Não tínhamos nem nos beijado. Estávamos interessados demais nas cópias. Sempre que nos olhávamos, estávamos segurando outra cópia de nossa arte, afixando-a para o mundo ver. Considerávamos aquilo importante. Éramos importantes.

E quando deixei Zeke, morto de medo de entrar na casa dele e ver a mãe e a avó, ele me deu um beijo suave na bochecha.

— Eu gosto muito de você — disse Zeke.

— Eu também gosto de você — respondi.

— A gente pode continuar com isso? — perguntou ele, se referindo, eu imaginava, a tudo. Os pôsteres, minha casa, os beijos, Pop-Tarts, nos esgueirarmos pelos cantos da cidade.

— O verão inteiro — respondi.

— Talvez até depois — disse ele, esperançoso, me fazendo corar.

Eu o beijei na boca e em seguida ele foi embora. A caminho de casa, deixei meu carro ligado em um cruzamento deserto, colei um dos pôsteres na placa de pare e voltei para o carro às pressas, me sentindo muito ousada. Percorri as ruas residenciais dirigindo exatamente oito quilômetros acima do limite de velocidade. Minha sensação era de estar voando.

NAQUELA NOITE, ACORDEI PORQUE MINHA MÃE ESTAVA ME sacudindo, e despertei sobressaltada.

— Caramba, mãe! — falei, minha voz muito rouca, a cabeça muito pesada.

— Desculpa, meu amor — disse ela, meio que cochichando, mas ao mesmo tempo meio que berrando. Era um efeito estranho. Não tinha certeza de que não estava sonhando. — Sei que está tarde, mas quero muito conversar com você.

— Agora? — questionei.

— É, agora — disse ela. — Vai, chega para lá, nossa, eu só queria... Frankie? Acorda, vai. Chega para lá para eu poder me sentar.

Soltei o maior suspiro possível, longo o bastante para quase tornar a cair no sono, e então cheguei um pouco para o lado para ela se sentar na cama.

— Bom, de tarde eu me comportei toda maneira e moderninha, lembra? Quando dei de cara com vocês dois... se beijando, posso chamar assim? E o Zeke parece ser um menino legal. E não quero bagunçar a sua cabeça mais do que... bom, eu não quero botar uma pressão desnecessária em cima de você, mas passei a noite sem conseguir pregar os olhos. Não consigo dormir.

— O que é que foi, mãe? — perguntei, meio mal-humorada, mas também apavorada com a ideia de que ela pudesse ter descoberto a arte, a fotocopiadora, os pôsteres colados cidade afora.

— É que... Eu sei que a gente conversou sobre esse assunto há alguns anos, mas na época não me pareceu verdadeiro. Agora sinto que preciso reiterar alguns dos pontos discutidos, está bem?

— *O que é que foi, mãe?* — repeti.

— Você é uma menina jovem, e seu corpo é seu, e tudo bem, eu respeito. E é natural, como conversamos antes, você ter desejos.

— Que nojo — respondi. — Desejos.

— Frankie, fecha o bico um segundo — continuou ela. — Se você vai ter contato físico... *fazer sexo*, entende... pronto, falei. Se você for fazer sexo com o Zeke, eu quero que você se proteja. Você precisa usar proteção. É inegociável.

— Mãe, que vergonha. Eu não vou fazer sexo com o Zeke. Está tudo bem.

— Escuta — disse ela, enfiando a mão no bolso do roupão —, pega aqui essas camisinhas, está bem? Frankie! Pega!

— Eu não quero as camisinhas — falei.

— Você tem que pegar. É inegociável. E é isso o que você fala para o Zeke, combinado? Fala: *é inegociável*. Repete para mim.

— Onde foi que você arrumou isso? — perguntei.

— A questão não é essa, meu amor — retrucou ela.

— A caixa está aberta — constatei, inspecionando-a no escuro. — Acho que estão faltando algumas.

— Frankie! Se concentra, por favor. Guarda dentro da caixa. Posso te falar isso com toda a certeza. Você não vai querer um bebê na sua idade. Nem... nem três bebês. Dá para imaginar, Frankie? Três bebês de uma vez só? Você ainda é criança. Não vai querer uma coisa dessas.

— Está bem, está bem — falei, por fim. Pus a caixa debaixo do travesseiro. — Obrigada, mãe. Obrigada pela preocupação.

— Me preocupo mesmo com você, meu amor — disse ela. — Muito.

— Eu sei — respondi.

— Estou na cozinha, está bem? Acho que esta noite eu não vou dormir. Quem sabe eu não faço um bolo ou alguma coisa assim para você dar à mãe do Zeke. Que tal?

— Mãe — falei. — Estou muito cansada.

— Boa noite, meu amor — despediu-se, enfim. — Volta a dormir.

Depois que ela saiu, fechei os olhos e sussurrei sozinha: *A beira é uma favela cheia de gente procurando ouro. Somos fugitivos, e a justiça está seca de fome atrás de nós.* Ainda não tinha adormecido. Portanto, repeti de novo, e de novo, até que o mundo ficou nebuloso, nada importava, e eu sumi.

Seis

NINGUÉM LIGOU PARA OS PÔSTERES. NÃO DE CARA. MAS *NÓS* ligamos. E foi por isso que, na manhã seguinte, assim que ficamos a sós, fizemos mais trezentas cópias. A máquina chiava e, com uma lentidão agoniante, cuspia cópia atrás de cópia, o troço que fizemos juntos. O tempo inteiro tocávamos na copiadora como se a estivéssemos ungindo, como se ela precisasse de nós para o milagre acontecer.

Enquanto percorríamos a cidade, tentávamos nos lembrar de todos os lugares onde tínhamos colado um dos pôsteres. Tínhamos botado um naquele poste de telefone específico? Sempre que víamos um ainda grudado, perdíamos o fôlego, como se eles devessem ter evaporado sob o sol direto. No Creekside Market, enquanto eu, de maneira furtiva, colava um no quadro de avisos comunitário, acima das minhocas e dos grilos, Zeke comprava um mapa detalhado de Coalfield, assim poderíamos assinalar todos os lugares, para termos um registro oficial, e verificar por quanto tempo alguns permaneciam. Era o tipo de obsessão em que, depois de cairmos nela, tentávamos ser científicos, precisos, mas que estava tão deturpada pelos nossos desejos que não faria sentido para ninguém além de nós dois.

Fomos até o cinema, e um funcionário estava arrancando um muro inteiro de pôsteres, as mãos cheias da nossa arte. Reconheci o garoto, era amigo dos meus irmãos. Então abaixei o vidro e gritei.

— Jake! — chamei, e Zeke ficou nervosíssimo.

— Não — disse ele. — Não chama atenção para isso. A gente tem que ser, tipo...

— Jake! — repeti, e Jake, que semicerrava os olhos para me enxergar, tentando me situar dentro do mundo dele, enfim assentiu.

— E aí? — respondeu ele.

— O que é isso aí? — perguntei.

— Eu sei lá — disse, dando de ombros. Um pôster amassado caiu da mão dele e foi soprado pelo vento. — Meu chefe mandou arrancar tudo. Ele é um babaca. Chamou a polícia para dar uma olhada, mas os policiais disseram que não estavam nem aí.

— O que está escrito? — perguntei, muito inocente. — Me dá um para eu ver?

— Frankie... — disse Zeke.

Jake se aproximou e nos mostrou um deles.

— É maneiro — comentou. — Acho que deve ser uma banda de metal.

— Uau! — exclamei. — Bem maneiro, sem dúvida.

— É melhor eu continuar — disse ele por fim, depois de fitarmos o pôster por alguns instantes. — Quer um para você?

— Claro que quero — falei, e entreguei o pôster a Zeke, que deixou o papel cair no colo, em choque.

— Tchau — disse Jake, e voltou a arrancar os pôsteres. Tive a impressão de que teríamos que voltar logo àquele lugar e cobrir o muro outra vez. Se não fizéssemos isso, acho que eu entraria em combustão.

— Ele falou que o chefe chamou a polícia — Zeke enfim comentou quando fomos embora, à procura de outro de nossos pôsteres.

— É — respondi —, mas ele falou que os policiais não deram importância.

Zeke pensou bem, olhou pela janela.

— Eles não fazem nem ideia — concluiu.

— Eles estão secos de fome atrás de nós — falei, e nós rimos, uma risada bizarra, vacilante. E continuamos circulando.

Havia uma casa abandonada onde eu sabia que de noite alguns garotos iam fumar maconha ou beber, um lugar tão isolado que ninguém reclamava e os policiais deixavam passar. Nunca tinha ido lá, mas meus irmãos iam o tempo todo com as namoradas, com os garotos populares, largados, que faziam o que bem entendiam. Não tinha ódio deles. Não queria ser que nem eles. Mas sempre tinha tido curiosidade pela ideia de se levar uma vida em que a pessoa nunca esquentasse a cabeça com as repercussões, nunca imaginasse que algo que fizesse reverberaria no mundo. Essa parte me parecia ótima. Então pensei que se Zeke e eu não podíamos ir lá à noite, com a música retumbando em uma caixa de som, lanternas se acendendo e se apagando, latas de cerveja quente e anfetamina de caminhoneiro triturada circulando de mão em mão, então colaríamos nossos pôsteres, nós os forçaríamos a olhar para nós.

A impressão era de que a casa desabaria a qualquer instante, vidro estilhaçado por todos os lados. Quem neste mundo transaria em uma casa abandonada com aquela quantidade de cacos de vidro no chão? Como meus irmãos convenciam as meninas? E havia também a mobília: um sofá mofado, algumas cadeiras reclináveis que pareciam ter sofrido coisas indizíveis, inúmeras fendas irregulares no couro falso. E me dei conta de que, se fosse preciso escolher, seria preferível transar no vidro quebrado.

— Parece um daqueles lugares onde fazem sacrifícios humanos — comentou Zeke, com cara de preocupação.

— É coisa de adolescente — falei, tentando parecer indiferente. — Fico surpresa de não ter pegado fogo com alguém deixando um cigarro no sofá.

As paredes da sala de estar, onde estava boa parte dos danos, eram tomadas por grafites feitos com canetinhas, as maiores babaquices, um monte de pintos. Alguém tinha tentado pintar com spray o mascote que mostra o dedo médio na capa do álbum do Ugly Kid Joe, mas ele mais parecia um boneco feio. Reconheci o nome de uma menina de quem tinha sido amiga no Fundamental. Alguém a chamava de puta, e embora ela tivesse me trocado por meninas mais populares no Ensino Médio, não gostei de ver o nome dela ali, para qualquer um ler. Peguei uma pedra e arranhei a parede várias vezes até ficar ilegível.

— Isso aqui é a beira? — perguntou Zeke.

— Acho que talvez a beira seja todos os lugares onde nós estamos — disse, murmurando o fim da frase porque não tinha certeza do que estava falando. Sendo sincera, não queria pensar muito no assunto. Não queria que desmoronasse sob análise. Só queria que estivesse lá, a beira, a favela, os caçadores de ouro. Queria muito fazer disso uma realidade.

— Vamos cobrir a sala inteira — sugeriu ele, enfiando a mão na mochila.

— Vamos, por favor — concordei. — Vamos lá.
E foi o que fizemos.

Levamos mais tempo do que tínhamos imaginado, e sempre que os ratos corriam pelas paredes da casa, a cada rangido à medida que os alicerces se movimentavam, nos assustávamos e nos olhávamos em busca de segurança. Usamos quase duzentas cópias do pôster, e cobrimos boa parte das paredes, então ficamos parados, no meio da sala, e nos viramos devagar, dando voltas, e tive a impressão de que o mundo se resumia a nós, a essa coisa que tínhamos criado. Era tão parecido com o que eu tinha em mente que por um instante perdi o fôlego. Pensei em tirar uma foto da sala, para documentar, mas como só tinha minha cabeça, minha memória, tentei registrá-la assim.

Eu sabia que, com as janelas quebradas e os buracos no telhado, a chuva e a umidade e a decomposição atingiriam os pôsteres em breve. Sabia que o próximo grupo de adolescentes poderia arrancar tudo. Sabia que isso não queria dizer nada. Mas queria que ficassem ali para sempre, para que quando eu fosse mais velha, quando tivesse me tornado a pessoa que seria, eu voltasse e ainda estivessem ali. Para que Zeke, se um dia ele voltasse para Memphis, e depois fosse para uma faculdade no nordeste do país, e depois se casasse e tivesse filhos e começasse a esquecer daquele verão, pudesse voltar para casa e tudo estivesse ali, e ele se recordasse. E talvez, se voltássemos ao mesmo tempo, tantos anos depois, um se lembrasse do outro.

Zeke achou uma garrafa de rum vazia, mas inteira, enrolou um dos pôsteres que tinha sobrado e o enfiou na garrafa antes de rosquear a tampa. Foi até a escada, até um buraco na parede, e largou a garrafa ali, onde ela fez barulho e se alojou dentro da casa, escondida.

Ele olhou para mim e pensei no vidro quebrado no chão, na sujeira das minhas unhas, no corte do dedo que àquela altura já devia ter infeccionado. Pensei que se minha primeira vez com alguém fosse naquela casa, eu me arrependeria. Mas era nova demais. Como ia saber do que me arrependeria ou não? Talvez eu achasse que me arrependeria de tudo, que a solução para minha vida era me esconder dentro de casa, sem nunca falar com ninguém, escrevendo minhas histórias no caderno, e um dia eu acreditaria ter tomado a decisão certa, não ter me destruído rápido demais. Mas naquele instante eu queria ter feito isso, destruído tudo.

— Esta noite eu vou ficar de babá — disse a ele, olhando meu relógio.

— Está bem — respondeu, com cara de decepção. Ele pegou o mapa da mochila e procurou até achar a posição geográfica da casa abandonada e fez uma estrela com a caneta. Segurou o mapa aberto e olhamos as estrelas nele. Embora Coalfield parecesse o lugar mais insignificante do mundo, ao contarmos as estrelas, ao vermos todo o espaço que continuava sem marcas, fiquei meio aturdida. Achava que talvez não conseguisse dormir até o mapa inteiro virar uma única constelação.

Achava que a coisa mais triste que poderia acontecer seria algo dentro da cabeça se esforçar muito para vir ao mundo e nada acontecer. Apenas desaparecer. Agora que eu tinha jogado aquelas palavras no ar, precisava que se multiplicassem, se reproduzissem, cobrissem o mundo.

— Que tal algumas paradas a caminho de casa? — sugeri, e Zeke ficou satisfeito.

— Podemos usar o resto das cópias — disse ele.

Pegou um dos pôsteres e o dobrou inúmeras vezes, até virar um quadradinho. Tinha que mantê-lo dobrado com os dedos, senão ele se abria, se expunha. Quis comer o papelzinho, mas não fiz isso. Deixei que ele o segurasse na mão e fomos embora da casa. O sol ainda estava no céu e fez meus olhos doerem. Tive vontade de xingá-lo. Entramos no carro, e Zeke segurou o mapa aberto, nos guiando pelos muitos territórios que ainda precisávamos percorrer.

NA MANHÃ SEGUINTE, DESPERTEI DE UM SONHO EM QUE AS mãos gigantes do pôster, as desenhadas por Zeke, ficavam tentando me pegar, os dedos se mexendo como se lançassem sobre mim um feitiço mal-intencionado. Fui gemendo e resmungando até a cozinha, onde minha mãe tomava iogurte de pé diante da bancada, acompanhando baixinho a melodia de "Give Me One Reason", de Tracy Chapman, e, tipo, remexendo bem o quadril. Meus irmãos devoravam cereal Cookie Crisp na sala, vendo fitas VHS de um *pay-per-view* antigo do SummerSlam com a TV sem som. Desembalei o primeiro Pop-Tart do dia, deixei o açúcar ser absorvido pelas gengivas, me acordar e os dentes doendo.

Tentei imaginar meu pai de novo nesta casa com a gente, o sol de verão claríssimo nas janelas, a casa meio quente demais porque tentávamos economizar no ar-condicionado. Mas embora fizesse apenas dois anos que ele havia ido embora, tinha dificuldade de imaginá-lo ali. Ou talvez tentasse não imaginar. Porque se o imaginasse sentado na poltrona da sala do jeito que se sentava, precisaria imaginar a nova esposa, talvez fazendo panqueca na cozinha. E teria que imaginar a outra Frances, devorando torrada Melba, seus dedinhos desconcertantes de bebê. Era esquisito como a ausência dele me obrigava a me esforçar para tirá-lo da cabeça, senão ele ocupava espaço demais. Preferia pensar que meu pai estava morto e recebíamos a herança em prestações mensais, em uma quantia suficiente apenas para termos o que vestir e comer.

Também tentei imaginar Zeke na casa, mas ele só fazia sentido quando ninguém mais estava ali. Só conseguia imaginá-lo sozinho, no sofá, pedindo que eu me sentasse ao lado. Terminei o Pop-Tart e na mesma hora quis o segundo, mas resolvi guardar para depois. Minha mãe olhou para mim e sorriu.

— Você está diferente — observou ela.

— Eu não penteei o cabelo nem nada — respondi, constrangida.

— Não — disse ela. — É que você parece feliz.

— Ah, ok.

— Não estou acostumada com isso, sendo sincera — continuou. — Faz você parecer um tiquinho doida.

— Valeu, mãe.

— Você vai ver o Zeke hoje?

— É bem provável — respondi, mas, sim, é claro que eu o veria.

— Para fazer o quê? — indagou ela.

Naquele instante, senti algo se abrindo dentro de mim e me dei conta do quanto era difícil chegar ao fim do dia tendo uma obsessão sem poder dar nem um pio sobre ela. Queria contar que eu era uma fugitiva, que tinha acontecido tão de repente que nem eu acreditava. Queria perguntar se quem procura ouro é gente boa ou ruim. Queria perguntar se ela achava que eu procurava ouro. Queria descrever a sensação de colar uma única folha de papel em um muro de tijolos, o pedacinho de fita crepe tentando aderir à superfície rugosa, e da importância de a fita aguentar firme. Queria lhe contar que, talvez, se ela fizesse o próprio pôster e o enviasse de forma anônima a meu pai, ela se sentisse melhor. Queria contar que eu respirava no ritmo da fotocopiadora, que minhas entranhas pareciam com a máquina. Queria perguntar se era possível transar, acabar logo com esse assunto, sem transar de verdade. Queria perguntar se meu pai, quando eles se conheceram, pediu que ela cortasse o dedo e fizessem um pacto de sangue. Queria lhe mostrar meu romance sobre a menina má. Queria lê-lo para ela. E queria que ela dissesse: "É ótimo, Frankie". E eu diria: "Não sinto que aqui é o meu lugar". E ela responderia: "Você está falando de Coalfield?". E eu diria: "De todos os lugares". Minha boca estava bem aberta. Minha mãe não fazia ideia do que sairia dela.

— Matar o tempo — declarei. — Só, tipo, matar o tempo.

Ela olhou para mim. Se falasse de camisinha de novo, eu cairia dura no chão. Queria que ela entendesse que havia uma coisa bem mais bizarra dentro de mim, ainda que ela não soubesse o que era.

— Bom, um ótimo dia para você — desejou. Ela me deu um beijo, pegou a bolsa e as chaves e saiu da cozinha. Peguei o outro Pop-Tart e o comi em três mordidas.

— Até mais, burrilda — Charlie se despediu, e meus irmãos se levantaram, a casa inteira se movimentando para acomodá-los, e eles foram embora.

Queria ter outras duas de mim. Se fôssemos três, três Frankies, talvez eu parasse de ficar tão agitada, tentando guardar tudo em um único cérebro idiota. Pensei naquela outra Frances, minha meia-irmã. Resolvi que quando ela fosse adolescente, eu apareceria na escola dela com um Porsche prateado e a sequestraria. Eu a levaria para Coalfield. Mostraria um de meus pôsteres para ela. E se ela não entendesse, eu a levaria na mesma hora para a casa do meu pai e a chutaria para fora do carro sem nem desacelerar.

E então, com o ritmo desse verão me dando tempo apenas de lavar o rosto e escovar os dentes, Zeke estava à minha porta, já suado por conta do percurso de bicicleta. Estava inquieto, nervoso, e meio que avançou casa adentro.

— Seu vizinho estava me encarando — explicou. — Ele é meio assustador. Vai ver que sabe o que a gente anda fazendo. Estava usando um pijama bizarro.

Fui até o alpendre e olhei para o sr. Avery, que acenou. Retribuí o gesto.

— Não é pijama — esclareci, como se essa fosse a parte mais importante da fala de Zeke, como se tivesse alguma relevância. Mas tinha para mim. — É um *haori*.

— Quê? — indagou Zeke.

— É tipo um quimono, mas menos chique. Acho que é feito um casaco. Ele já me explicou.

— Quem é ele?

— O sr. Avery — disse. — Ele é de Los Angeles, mas agora mora com a irmã. Ele é legal. Era artista. Mas anda muito doente. É por isso que vive de *haori*, porque diz que está sempre frio.

— Ele era artista?

— É, coisa assim. Ele já tentou me explicar. Era tipo uma performance. Arte performática.

— Eu sei o que é arte performática... Acho que sei — disse Zeke.

— Bom, era isso o que ele fazia. Em Los Angeles. E acho que no Japão, que foi onde comprou o *haori*. Ele morre de orgulho.

— Acho que ele sabe o que a gente anda fazendo. Ficou me encarando mesmo.

— Ele deve estar se perguntando o que você está fazendo aqui, porque eu nunca recebo ninguém. Está entediado. Fica o dia inteiro dentro de casa, menos quando dá umas voltinhas no quarteirão. Acho que ele está com câncer. Tem mais com que se preocupar do que com o que a gente está fazendo.

Acho que devo explicar que tudo isso foi antes de podermos procurar alguém ou alguma coisa no Google e obtermos resultados de verdade. Mal tinha usado a internet àquela altura. E Randolph Avery não era alguém que um adolescente de Coalfield da década de 1990 fosse conhecer. Foi só bem mais tarde que me dei conta de quem era ele, da fama que teve. Foi um artista muitíssimo influente no começo dos anos 1980; teve obras expostas no MoMA, no LACMA. Nos dois anos desde que havia se mudado para a casa da irmã, que era agente dos correios de Coalfield, era apenas o sr. Avery, um homem esquisito e doce que às vezes conversava comigo com uma expressão distante no rosto, como se não fizesse ideia de como havia parado naquele lugar.

— O que foi que você fez ontem à noite? — perguntei a Zeke.

— Eu basicamente fiquei desenhando no caderno. Não tenho nada para fazer na casa da minha avó. Ela não tem TV a cabo nem videocassete, então quer jogar Uno toda hora, daí eu jogo até não aguentar mais. Minha mãe fica tocando violino o tempo inteiro, o que deixa tudo meio sinistro.

— Ela toca violino? Tipo, onde vocês estão enquanto isso?

— É, na sala. Ela está sempre tocando, como se eu e a minha avó a tivéssemos contratado para tocar para a gente. E quando termina uma música, eu fico, tipo, o que eu faço? Bato palmas? Digo que foi bom? Mas não importa, porque ela logo emenda em outra música. E depois, quando cansa, vai para a porta da casa para fumar, coisa que ela não fazia antes.

— Nossa — comentei.

Pensei em minha mãe depois que meu pai nos largou. Ela ficou meses com uma expressão atônita, como se a cada cinco segundos se desse conta, mais uma vez, de que era tudo verdade, de que não estava sonhando. E então, uma noite, no jantar, reparei que não estava com os ombros em um postura tensa, que o corpo dela parecia relaxado. Talvez tivesse conhecido Hobart. Talvez tivesse constatado que depois de tanto tempo com meu pai, não era tão ruim assim ficar sem ele. Não sei o que aconteceu, mas ela se soltou. Fiquei feliz. Eu me perguntava quanto tempo a mãe de Zeke levaria. Eu me perguntava se um dia isso aconteceria.

— E depois vou para o meu quarto e fico desenhando — continuou Zeke. — Eu estava trabalhando em um desenho. Meio que pensei que a gente devia fazer outro pôster.

— Outro? — repeti, tensionando o corpo.

— É, dar continuidade, mas também mudar um pouquinho. Tipo, você consegue pensar em outra coisa que queira dizer no pôster?

— Não — respondi, meio triste. — Eu já disse tudo.

— Pensei que eu poderia desenhar um lobo grande em cima de um monte de ossos. Já fiz o esboço. Aqui, deixa eu te mostrar.

Ele pegou o caderno e era exatamente como havia explicado, um lobo grande aboletado sobre um monte de ossos, mas não me parecia certo. Não causava a mesma impressão.

— É que... Eu não quero fazer outro — falei, depois que ele apontou para o lobo, como se eu não o tivesse visto, como se não entendesse que a figura em cima da pilha de ossos era uma porra de um lobo.

— Você não quer fazer mais nada nunca mais? — questionou, e senti que o perdia um pouquinho, e precisava trazê-lo de volta.

— Quero fazer coisas para sempre, enquanto eu viver. Mas quero que o nosso pôster seja o único que vamos fazer juntos. É especial. Foi o primeiro que a gente fez. É perfeito, não é? É perfeito. Tem nosso sangue.

— A gente podia sangrar neste aqui — disse ele, apontando para o lobo de novo.

— Entende o que eu quero dizer, Zeke? — perguntei, e o mundo inteiro dependia do que ele respondesse. Eu tinha uma cópia do nosso pôster, e mostrei a ele. — É isso o que o mundo ganha. Se a gente fizer outros, com um monte de desenhos diferentes, palavras novas, a gente perde isso. Desaparece. É tipo... sei lá... corriqueiro. Entende o que eu quero dizer?

Ele olhou para o pôster e eu vi seus lábios formarem as palavras que eu havia escrito. Ele sorriu. E então fez que sim e ergueu os olhos para mim.

— É — concordou. — Entendi o que você quer dizer. Está bem. Só esse. O único.

— O único — decretei, e fomos à garagem, à copiadora, para fazer mais cópias.

Sete

AO LONGO DE QUATRO DIAS, COLOCAMOS PÔSTERES NOS seguintes lugares de Coalfield: no quadro de avisos da biblioteca pública; dobrados no meio de 46 livros escolhidos ao acaso entre as pilhas de livros da biblioteca; na parte interna das portas das cabines dos banheiros masculino e feminino do posto de gasolina Golden Gallon; no verso de todas as caixas de cereal Cookie Crisp do Kroger; espalhados pelo gazebo do parque Marcia Crooks; no muro dos fundos do cinema (de novo); nas caixas de correio de 270 residências da cidade; na caçamba atrás do Hardee's; no bolso do jeans que alguém deixou em um armário destrancado na piscina pública; na fachada de vidro do cabeleireiro que tinha encerrado as atividades alguns meses antes; na caixinha de sugestões do Wendy's; na caixa de sapatos de um par de tênis tamanho 36 na Payless; colado a um mastro em frente à Coalfield High School; em um envelope sem endereço de remetente, enviado ao *Coalfield Ledger*; no para-brisas do carro de um pastor que tentou abolir as aulas de educação sexual do currículo do Ensino Médio; no quadro de avisos do Spinners Fitas e CDs, que vendia cachimbos de vidro e incenso e cujo interior brilhava por conta das luzes pretas; debaixo de um bando de Dilly Bars que estavam no freezer do Dairy Queen; no túmulo do último soldado confederado de Coalfield.

No mapa, eram tantas as estrelas que eu ficava tonta só de olhar.

Eram tantas as estrelas que, agora, os outros não tinham como não reparar. Não tinham como não ver a imagem, as palavras, e se perguntar: "O que é *isso*?".

Estava em meu quarto, escrevendo meu romance. Era estranho, mas depois de criar o pôster, de colá-lo em tudo quanto era lugar, tinha a impressão de que algo havia se destravado no meu cérebro. Não conseguia parar de escrever o romance sobre a Nancy Drew do mal. Estava agora no momento em que a irmã dela, Tess, a detetive burra, esbarrava com um indício que o pai das duas, o chefe da polícia, havia ignorado, um indício que sem querer Evie tinha deixado para trás e que poderia incriminá-la. Evie tentava convencer a irmã de que o rastro não provava coisa alguma, de nada valia, que seria um desperdício de tempo para todo mundo. Evie esticava o braço para tentar pegar a prova, esperando Tess entregá-la, a mão de Evie suspensa no ar, a centímetros da mão de Tess, tão próximas que poderiam causar um choque se houvesse a carga mínima. E o que era esquisito, à medida que escrevia, tentando botar tudo no papel, era que eu realmente não sabia se Tess entregaria o objeto à irmã.

Então meus irmãos entraram em casa fazendo estardalhaço, e me desconcentrei. Eu me dei conta da fome que estava sentindo e, como às vezes os trigêmeos traziam para casa sobras de hambúrguer e de batata fria, desci para ver se tinham trazido alguma coisa, embora soubesse que passaria mal. Zeke estava no supermercado com a avó e tinha prometido averiguar se os pôsteres continuavam grudados nas caixas de Cookie Crisp.

Quando pisei na sala, meus irmãos estavam sentados no sofá, curvados em direção à mesa de centro, fitando uma cópia do pôster. Meu pôster.

— O que... O que é isso aí? — indaguei, a voz presa na garganta, como se doesse perguntar.

— O que você acha que é, burralda? — retrucou Andrew.

— Sei lá — respondi.

— Bom, a gente também não sabe — disse Andrew.

— Está na cidade toda — explicou Charlie. — Achei um monte colado na caçamba de lixo.

— E a Jenna falou que os pais dela receberam um junto com a correspondência — disse Brian.

— É meio errado, isso — completou Andrew.

— Vocês seriam bem capazes de fazer um troço desses — falei por fim.

— É, eu sei — respondeu Charlie. — Mas não foi a gente.

— O que. É. ISSO? — falou Brian, nitidamente frustrado, como se o pôster estivesse infectando seu cérebro.

— Tipo, é uma banda? — questionou Charlie. — Fugitivos? Que nome mais idiota para uma banda.

— Olha essas porras dessas mãos! — bradou Brian.

Foi nesse instante que mamãe chegou do trabalho. Segurava um dos pôsteres.

— Meninos — chamou ela, balançando o pôster como se fosse um passarinho incontrolável —, foram vocês que fizeram isso aqui?

— NÃO! — gritaram meus irmãos em uníssono.

— Ah, graças a Deus — disse minha mãe, por um segundo caindo contra a porta. — Hobart está escrevendo uma matéria falando disso.

Hobart era um cara que trabalhava no jornal da cidade. Minha mãe fingia ser apenas um amigo, mas todos nós sabíamos que estavam namorando escondido, com idas e vindas, havia quatro meses. Minha mãe ficava aturdida ou preocupada por estarem ficando íntimos demais, dizia que não podiam continuar se vendo, e então eles acabavam no Gilly's Bar e Grill, dançando ao som de J. Geils Band no *jukebox*. Conheciam-se da escola, nunca tinham tido nada romântico, mas acho que minha mãe precisava de alguém que não fosse meu pai, talvez o exato oposto dele. Hobart tinha uma barba imunda, desgrenhada, e usava camisas havaianas e vivia falando do filme *Billy Jack*. Ele era tipo um Lester Bangs que escrevia sobre os concursos de bolo do Quatro de Julho em vez dos Stooges. E eu ficava feliz por existir um cara, ainda que fosse meio constrangedor para mim, para quem minha mãe pudesse olhar e pensar: *Quem sabe você não vai ser melhor do que o último cara*. Hobart parecia ser um cara legal. E agora iria escrever sobre o nosso pôster.

— Como assim, ele vai escrever uma matéria falando disso? — indaguei. — Vai falar o que sobre isso?

— Bom, sabe como é, é meio que um mistério, esses pôsteres todos espalhados pela cidade. Ele imagina que seja um bando de adolescentes sem nada para fazer, mas disse que é muito sofisticado. Falou que tem quase certeza de que a frase é citação de um poeta francês chamado Rimbaud. Acha que a arte é de algum quadrinista da contracultura.

— Rimbaud? — repeti. — O Leonardo DiCaprio fez o papel dele naquele filme.

— Bom, é isso aí — disse minha mãe, satisfeita. — Os adolescentes adoram o Leo, então devem ter começado a ler muito Rimbaud.

— Não é isso que adolescentes fazem, mãe — rebateu Charlie.

— Bom, por enquanto tudo não passa de teoria — disse ela, já seguindo em frente, felicíssima porque os filhos não eram os culpados.

Olhei para os trigêmeos, os três balbuciando as palavras do pôster, as mãos pairando sobre os desenhos.

— O que é que são esses pontos aqui? — perguntou Andrew.

— Estrelas — declarei. — Parecem estrelas.

MAZZY BROWER

MAZZY ME LIGOU DE NOVO, DESSA VEZ QUANDO EU ESTAVA sozinha em casa, dobrando roupa, sempre dobrando roupa, minha filha usando quatro pares de meias por dia, arrancando-as dos pés e jogando atrás do sofá, debaixo da cama, e eu sempre lavando, secando, enrolando-as em bolotas, colocando-as na cômoda dela, até ela fazer tudo de novo. O telefone tocou e, feito uma idiota, eu atendi.

— Frankie? — disse ela, acertando meu nome.

— Ah, não — respondi. — Não, obrigada.

— Espera. Eu quero falar só um segundinho.

— Mas eu não quero falar — retruquei.

— Mas você atendeu o telefone, não foi? Você não acha que talvez quisesse que eu te ligasse outra vez? Não acha que pode ser bom falar desse assunto com alguém?

— Em primeiro lugar, eu *não queria* que você me ligasse de novo. Segundo, *não seria* bom falar do assunto com alguém. Terceiro...

— Sim?

— Na verdade não tem terceiro. Estou é com muito medo de você e dessa história.

— Mas não precisa ser assim — continuou ela. — Sei de partes da história, mas você sabe ela inteira. É isso o que eu quero conversar com você. Quero entender como aconteceu. Quero saber como você fez. Por que fez. E o que você pensa disso agora.

— Não sei como responder a nada disso.

— Eu acho que sabe — rebateu ela. — Acho que talvez esse seja um assunto em que você pensa bastante.

— Bom... penso. É verdade. Mas mesmo assim não sei como responder a nem uma dessas perguntas.

— Não tem problema. Eu adoraria te encontrar, conversar, só nós duas. Primeiro de forma extraoficial. Como você quiser.

Sentia o mundo se encolhendo cada vez mais, e isso me amedrontou porque já tinha me encolhido muito para garantir que qualquer uma daquelas lembranças saísse de mim. Que o mundo em geral se encolhesse piorava a situação, saber que tinha gente me procurando.

— Preciso desligar.

— Frankie — disse, no instante em que eu ia desligar —, eu acho que você precisa falar do assunto. Teve gente que morreu. É... é um assunto importante.

— Desculpe — falei.

E as lembranças voltaram em uma velocidade ainda maior. E isso me deixou brava, que os momentos estivessem rápidos demais para que eu sequer os reconhecesse. Eu me sentei no sofá. O ambiente estava com um cheiro fresco, como o de amaciante, e fechei os olhos e determinei que as lembranças desacelerassem. Fiz com que viessem na velocidade exata em que aconteceram na época, como se eu entrasse nelas, e me prometi que não deixaria que escapassem de mim.

Oito

NO DIA SEGUINTE, PEGUEI ZEKE E DEMOS VOLTAS PELA CIDADE. Zeke pôs para tocar uma fita cassete que tinha trazido de Memphis, um mix de alguém chamado DJ Squeeky, uma voz desacelerada dizendo, inúmeras vezes: *"Burn, baby, burn, baby, burn, baby, burn"*. Era hipnótico: o mundo inteiro parecia ondular e cintilar, as janelas abaixadas, o calor esmagador, e então víamos mais um de nossos pôsteres e por um instante tudo se acelerava. Minha mochila estava cheia de cópias, mas Zeke estava preocupado, com medo de sermos pegos. Botamos alguns nas caixas de correspondência de casas que obviamente estavam vazias, marcando os lugares no mapa, mas de modo geral ficamos apenas dando voltas.

Nunca tinha sentido uma conexão especial com Coalfield; quer dizer, me sentia *ancorada* a ela, como se os anos passados ali fossem tornar mais difícil eu morar em qualquer outro lugar, mas nunca me senti formada por ela. Todo mundo acha que o Sul dos Estados Unidos é tipo Flannery O'Connor.

Acham que é assombrado. E talvez seja, o fundo, o solo, mas nunca encarei desse jeito. Tínhamos um McDonald's. Não sei mais o que dizer. Não tinha livraria, ok, tudo bem. Os museus que tínhamos eram ao estilo Museu da Penitenciária Antiga, Museu dos Veículos Militares ou Museu Ferroviário. Tínhamos um Walmart. Eu usava roupas normais. Ao dirigir pela cidade, mostrava a Zeke coisas como: "Eu caí desse carrossel e quebrei um dente de leite" ou "Essa sapataria tem oitenta anos, e depois de comprar um par de sapatos, você enfia uma moeda de madeira na máquina e uma galinha mecânica bota um ovo de plástico com uma bala dentro" ou "Eu roubei uma revista de heavy metal nesse supermercado porque queria um pôster da Lita Ford para botar no meu quarto". Tinha a impressão de que talvez eu meio que amasse a cidade. Ou não, eu só queria que Zeke a amasse. E se não amasse, se a farmácia dos velhos tempos que vendia limonada com cereja não o impressionasse, eu colaria um dos nossos pôsteres debaixo do balcão, daí como seria possível ele não sentir alguma coisa parecida com amor pelo lugar?

Enquanto dávamos sete voltas consecutivas na praça, Zeke me contava que a avó tinha ouvido falar dos pôsteres na reunião de estudo bíblico, na noite anterior. Uma senhora tinha achado um e levado para o encontro.

— Eles acham que tem alguma coisa a ver com o diabo — disse Zeke. — Culto ao diabo, coisa assim. — Como uma das senhoras tinha certeza de que as palavras eram um jogo com um verso de Apocalipse, eles passaram a aula inteira tentando achá-lo, examinando a Bíblia, sem nunca encontrar o que queriam.

— Todo mundo acha que vem de alguma coisa — declarei.

— Tudo meio que vem de outra coisa — respondeu ele.

— Bom, dã, essa veio de mim. Só de mim.
— E de mim — retrucou ele, sorridente.
— E de você.

No Creekside Market, compramos duas garrafas de Sun Drop e um punhado de chicletes de uva. Olhamos o quadro de avisos, e nosso pôster continuava lá. Fiquei olhando para ele, e o pôster ficou ondulado, como uma miragem. Enfiei a mão em minha sacola de livros e quando o cara que trabalhava no balcão olhou para o outro lado, pendurei outro pôster bem em cima do antigo. Sentia a aura duplicar, talvez quadruplicar, e fiquei meio tonta. Tomei metade do Sun Drop ali mesmo, parada no mercado, só *glub-glub-glub* como se estivesse morta de sede, e então saí tropeçando rumo ao calor. Essa era a beleza da obsessão, percebi. Ela nunca minguava. A obsessão verdadeira, se você fizesse tudo certo, tinha sempre a mesma intensidade, uma espécie de eletrocussão que mantinha o coração batendo no mesmo ritmo. E era bom demais.

Zeke me esperava do lado de fora, e brindamos com nossas garrafas. Ele enfiou a mão em minha bolsa, pegou outro pôster e o dobrou em forma de aviãozinho. Esperou alguns segundos para ter certeza de que ninguém nos observava e o lançou em direção a um carro vazio do estacionamento cujas janelas estavam abaixadas. Foi soprado pelo vento, voou até a janela e prendemos a respiração diante daquela perfeição, e então o aviãozinho deu uma volta esquisita e caiu no chão. Zeke foi correndo agachado até ele e o jogou pela janela aberta no banco do carona, e nós demos risada. Zeke segurou meu braço e me puxou para perto e nos beijamos. Mas fui pega desprevenida, nossos dentes bateram e isso me fez sibilar um pouquinho, achando que tinha quebrado o dente da frente. Quis tentar de novo logo, agora que estava esperando, mas tive medo de mesmo assim estragar tudo, como se de alguma forma pudesse arrancar o nariz dele fora.

Foi nosso primeiro beijo em lugar público, o que, para mim, tornava as coisas oficiais. Não sabia *o que* era oficial, o que estávamos anunciando. Não estávamos namorando. Ele não era meu namorado, ou eu não o encarava assim, não de verdade. Olhei ao redor para ver se alguém havia percebido, como se talvez pudesse nos dizer o que aquilo tudo significava, mas éramos invisíveis. Não tínhamos importância. Então o beijei de novo. Era isso que era oficial, que éramos invisíveis para todo mundo, do mundo todo, menos um para o outro.

Uma senhora bateu a porta do mercado e saiu com um punhado de bolinhos Little Debbie. Rumava direto para o carro onde agora havia um dos nossos pôsteres no banco do carona. Entramos no carro às pressas e fomos embora, sem ver o que aconteceria.

E o verão inteiro poderia ter seguido assim. É muito fácil imaginar. Colaríamos pôsteres, e as pessoas se cansariam do mistério, e nos acostumaríamos ao calor. Faria sexo com Zeke, o sexo mais indolor possível, sob as cobertas de minha cama pequena, usando a camisinha que minha mãe dissera ser inegociável. A mãe dele enfim se daria conta ou de que queria se reconciliar com o marido ou de que precisava de um emprego agora que era mãe solo, e eles voltariam para Memphis. E eu o guardaria na lembrança, esse verão. Mandaríamos nossas artes um para o outro, os desenhos dele e meu romance. Escreveríamos cartas de vez em quando, até a vida real se intrometer, as inscrições em faculdades, novas amizades. A cada dois anos, no Dia de Ação de Graças, ele voltaria a Coalfield para ver a avó e nós circularíamos pela cidade de carro e talvez até colássemos alguns pôsteres, só para sentir aquela emoção outra vez.

Daríamos uns amassos em meu carro. Nós nos formaríamos na faculdade, e ele acabaria em um lado do país e eu, do outro. E eu publicaria meu romance, e em uma livraria de Denver, Colorado, ele estaria na plateia. Tomaríamos um café e talvez transássemos em meu quarto de hotel, embora ele agora fosse casado. Eu escreveria um livro sobre aquele verão. Ele largaria a esposa e os sete filhos, nos casaríamos com cinquenta e tantos anos, e emolduraríamos o primeiro pôster para pendurá-lo na sala de nossa casa.

Mas nada disso aconteceu, não é? E ainda não sei se isso me deixa feliz ou triste.

NO DIA SEGUINTE A NOSSA IDA AO CREEKSIDE MARKET, BILLY Curtis (todo mundo na escola o chamava de Billy Curtis Raio de Sol porque ele vivia queimado de sol) e Brooke Burton não voltaram para casa após uma noitada, e os pais deles chamaram a polícia. E às dez da manhã de sábado, antes de os policiais sequer pensarem de fato em procurá-los, eles apareceram no alpendre da casa da família Curtis, desgrenhados, de ressaca e com uma aparência horrível. E disseram que tinha acontecido uma coisa terrível, que haviam conhecido os fugitivos.

O que eles disseram à polícia, quando os dois estavam no alpendre, a cabeça latejando por conta do álcool que tinham passado a noite inteira bebendo, foi que estavam indo a pé visitar uns amigos e quem sabe assistir a um vídeo quando uma van preta parou ao lado deles. Havia um homem e uma mulher na frente da van, vestidos de preto da cabeça aos pés, cobertos de tatuagens. Perguntaram a Billy e Brooke se não queriam acompanhá-los, e quando Billy indagou para onde estavam indo, o homem respondeu:

— Para a beira.

E então a porta de trás se abriu e um outro homem, também de preto, saltou e agarrou Brooke e a arrastou para dentro da van. Billy pulou lá dentro para salvá-la e alguém do banco da frente o nocauteou. Também apagaram Brooke.

Quando acordaram, estavam em uma casa abandonada, uma casa que nunca tinham visto, longe da civilização, no meio do mato. Tinha velas espalhadas pelos cantos, e as paredes estavam cobertas de pôsteres esquisitos com mãos ameaçadoras. Os três, que se diziam *os fugitivos*, escutavam uma música bizarra, satânica, e usavam tudo quanto era tipo de droga. Obrigaram Brooke e Billy a usar drogas. Tinham, sei lá, enfiado droga no nariz deles ou soprado fumaça na cara deles? Não estava muito claro. E a potência das drogas fez Brooke e Billy desmaiarem outra vez. E quando despertaram, de manhã, os três tinham sumido. E então Billy e Brooke voltaram para casa a pé, sempre preocupados com a possibilidade de que os fugitivos voltassem para pegá-los. Os dois levaram uma cópia do pôster para casa, como prova.

Eu soube disso tudo pelos trigêmeos, que contaram a história toda para mim e para minha mãe naquela tarde, durante o almoço. E minha mãe, devo lhe dar esse crédito, disse:

— Meu Deus, eles inventaram essa história, não foi?

E meus irmãos nos contaram o que realmente aconteceu, já que tinham estado na casa abandonada naquela noite e tido o bom senso de voltar para casa a tempo de evitar que os policiais fossem procurá-los. Eles nem hesitaram em falar, por mais que pudesse incriminá-los, porque minha mãe sabia de tudo isso e de coisas ainda piores sobre os filhos, mas também sabia que eram os meninos mais invencíveis do estado inteiro.

Billy e Brooke tinham ido a uma festa com uns amigos. Estavam na casa abandonada, tomando ponche de rum e fumando maconha e talvez cheirando anfetamina triturada. Foram para o mato para transar, os amigos se esqueceram deles e pegaram o carro para voltar para casa por volta das três da madrugada. E Billy e Brooke dormiram. Quando acordaram e viram que já era de manhã, entenderam que estavam fodidos. Passariam o resto do verão de castigo. Voltaram à casa abandonada, viram aquele monte de pôsteres dos quais tinham rido na noite anterior. Alguém vinha tirando tudo da parede e ateando fogo. Mas estavam a pelo menos oito quilômetros de casa, e os pais deviam estar arrancando os cabelos.

E eu a via nitidamente, a casa, porque Zeke e eu tínhamos estado ali e colado os pôsteres nas paredes. E eu sabia que eram meninos idiotas, tentando evitar o castigo, mas optei por acreditar que o pôster, pela beleza que tinha, pela esquisitice que tinha, abriu uma partezinha do cérebro deles, e que isso havia lhes dado a história que os colocaria em risco, embora imaginassem que fosse garantir a segurança deles.

E então Hobart apareceu, alguns minutos antes da hora em que eu iria me encontrar com Zeke, e estava de rosto vermelho e esbaforido. Declarou que tinha estado na "cena do crime" e a polícia tinha usado o orçamento destinado à fita de advertência do ano inteiro só na casa. Disse que a fonte dele no departamento, que eu sabia ser Brandon Pinkleton, porque só havia cinco policiais e ele era o mais novo e o mais ávido por parecer importante, disse que eles acreditavam ser uma ameaça verossímil e que tinham emitido um aviso a todos os condados vizinhos para que ficassem de olho em uma van preta com três indivíduos de cabelo preto e cheios de tatuagens com simbologia satânica.

— Não é verdade — afirmou minha mãe, e vi Hobart murchar um pouco, como se estivesse só esperando alguém falar isso, mas na mesma hora ele inflou o peito outra vez, a camisa havaiana se expandindo, as palmeiras balançando.

— Bom, é a polícia que está dizendo que a ameaça é verossímil, ok? E, sabe como é, eu tenho visto os pôsteres na cidade inteira, e acho que pode ser o começo do que chamam por aí de terrorismo psicológico. Esses são os fatos neste momento.

— Os fatos? — indaguei, tentando agir como se não me importasse.

— Para o jornal — explicou ele. — Acho que alguém, e acredito que seja gente de fora, talvez ligada a algum culto, está usando Coalfield de cobaia para alguma coisa bem assustadora.

— Cara, qual é? — retrucou Charlie. — O Raio de Sol inventou a história. É uma completa e total, tipo, como é que se fala mesmo? Frankie? Como é que se fala?

— Ficção? — chutei.

— É, isso aí. Ficção — disse Charlie.

— Bom, estou narrando os fatos, ok? — rebateu Hobart, começando a obter certa tração apesar do ceticismo, e é assim que quase todas as ideias ruins se tornam ainda piores. — Tenho umas imagens perturbadoras e um slogan que de repente apareceu na cidade. Tenho dois jovens contando que foram raptados por um culto e forçados a usar drogas. Tenho... bom, é só isso que eu tenho até agora. Mas já vale uma matéria.

— Vale? — questionou minha mãe.

Vi no rosto dela que era um daqueles momentos em que se perguntava por que às vezes saía com aquele homem.

— Para Coalfield, sim — respondeu Hobart.

Enfim me virei e me deparei com Zeke, parado à porta, e não tinha noção de quanto tempo fazia que estava ali, mas a expressão do rosto dele me dava a entender que tinha ouvido Hobart dizer as palavras "imagens perturbadoras".

— Zeke — falei baixinho, quase que para mim mesma, mas minha mãe também o viu.

— Ei — cumprimentou Zeke. — O que... hmm... o que está rolando?

— Tem um culto bizarro ligado a drogas em Coalfield — explicou Andrew.

— Um culto ligado a sexo — sugeriu Charlie.

— Um culto satânico de sexo e drogas — esclareceu Brian.

— Em Coalfield? — indagou Zeke.

— Ah, Zeke — interveio minha mãe —, não é nada disso. Não fica assustado.

— Bom, eu não estou assustado, não. É que... bom, é a primeira vez que eu ouço falar nisso. Eu sou novo na área, entende? Vim só passar o verão, então não estou exatamente, tipo, a par das notícias da cidade.

Eu me dei conta de que, se Zeke continuasse no mesmo ambiente que Hobart por mais de cinco minutos, mostraria as centenas de cópias do nosso pôster, tirando-as como se em um passe de mágica dos bolsos do short jeans, e confessaria tudo, se convencendo de que, sabe-se lá como, era o líder de um culto satânico de sexo e drogas. Eu sabia que ele ficava nervoso, que tinha ansiedade. Eu também, mas acho que eu tinha a vantagem da infelicidade, da decepção com pessoas que deveriam me amar, e portanto já havia sossegado um pouco mais. Já não sentia mais culpa pelas coisas bizarras que existiam dentro de mim. Eu era uma fugitiva e ainda não estava preparada para ser pega.

Em meu quarto, a portas fechadas, analisei Zeke em busca de sinais de instabilidade.

— Você está legal? — perguntei, observando que ele estava com um olhar distante, como se rodasse simulações de como a vida dele se desenrolaria.

— É, quer dizer, estou, sim — respondeu ele, enfim. — É que... bom, eu não gosto da ideia de a polícia estar envolvida.

— Ok, você é de Memphis, então eu entendo, mas a gente está em Coalfield e os policiais daqui são uns idiotas, sabe? Eles acham que três metaleiros à toa pegaram o Billy Curtis Raio de Sol e a namorada dele e *obrigaram* os dois a usarem drogas.

— Ok, eu entendo. Mas, tipo, é pior ainda. Eles serem uns idiotas é que é assustador, porque agora virou uma *coisa* grandiosa.

— Mas a gente queria que virasse uma *coisa*, né?

— Não uma *coisa* que acabasse com nós dois indo para a cadeia — retrucou ele. — Eu queria que fosse mais uma *coisa* em que alguém colaria o pôster no skate daqui a alguns anos.

— Bom, seria melhor mesmo. Eu esperava algo assim também. Mas a gente conseguiu, né? A gente fez o pôster. Então a gente ainda consegue controlar a situação, acho.

— Acho que não é assim que a arte funciona — disse ele, sem convicção, o que era desconcertante porque, apesar de sempre ter parecido meio nervoso, Zeke aparentava ter segurança quanto ao que pensava saber sobre o mundo.

— Bom, é isso, quem sabe a gente não tira um ou dois dias de folga. A gente espera para ver o que vai acontecer — propus.

— *Um* dia? — disse ele, quase berrando.

— Ou *dois*, ok? Eu falei *um ou dois dias*.

— E depois? — indagou.

— A gente continua colando os pôsteres — respondi, ao estilo "*dã*, é claro que é isso que a gente faz".

— Eu não quero ir preso por causa de uma merda de um pôster — declarou Zeke, agora um pouquinho trêmulo.

Fiquei meio magoada ao ouvi-lo falar do pôster nesses termos. Sabia que eu era a mais maluca, a mais ferida, mas naquele verão, o que eu havia escrito, o que Zeke havia desenhado, aquilo em que nós sangramos, era a coisa mais importante do mundo para mim. Eu teria ido presa pelo pôster. Acho que teria sido capaz de matar alguém que tentasse me impedir de colar um pôster. Porque se parasse, o que viria em seguida? Zeke iria embora. Nunca mais o veria. Eu retornaria para a escola, invisível, triste. Meu pai jamais voltaria. Todos os meus irmãos se mudariam para longe. Minha mãe se casaria com Hobart. Não seria tão ruim assim, eu sei. Era a vida. Mas naquele momento eu não queria a vida. Queria o verão, aquele pôster. Queria a beira, a favela, gente procurando ouro. Eu tinha dito. Tinha dito *somos fugitivos*. Falava sério, embora não soubesse o que aquilo significava. E, no momento, talvez fôssemos mesmo. Queria que Zeke entendesse. As mãos que ele tinha desenhado, pairando sobre as crianças, nunca encostava nelas, não conseguia tocar nelas. Será que ele não enxergava?

Eu me aproximei, estiquei o braço em direção à mochila dele. Peguei o caderno, aquele amontoado de desenhinhos esquisitos.

— O que é que você... — começou ele, mas eu só fiz que não com a cabeça. Ele fez um gesto inútil em direção ao caderno, tentando protegê-lo, mas eu o levei até minha escrivaninha. Enfiei a mão na gaveta e peguei o que já tinha do romance. Larguei a papelada em cima da cama, o que também foi inútil, não fez o barulho que eu esperava.

— Este é o meu romance — expliquei.

— Eu sei — respondeu ele.

— Lê — mandei. — Vou deixar você ler.

— Ok — disse ele. — Você quer alguma sugestão, ou...

— Não quero comentário nem sugestão — respondi. — É só ler. E eu vou olhar seus desenhos.

— Mas você já viu boa parte deles — rebateu ele. — E já me contou muita coisa sobre o seu livro.

— Vamos fazer isso durante uma hora, mais ou menos, e depois a gente resolve o que fazer — esclareci.

Eu me deitei na cama e Zeke correu para perto de mim. Olhei o desenho de uma paisagem, mas dividida em seções, como um viveiro de formigas, e em um dos túneis subterrâneos uma fogueira queimava.

— Gostei desse — declarei. — É novo.

— Valeu. A primeira frase do livro é ótima — elogiou.

— Valeu.

E ficamos assim, deitados, um assimilando a coisa que era importante para o outro. E então eu disse:

— Zeke? Está tudo bem, ok?

— Ok, eu acredito em você.

Passado um segundo, Zeke acrescentou:

— Por favor, não repete a frase. Não agora. Eu já sei. Eu penso nela o tempo inteiro. Você não precisa me dizer.

— Está bem — falei.

E aquela hora, no quarto, nós dois quase nos encostando, a coisa que tínhamos feito começando a se encaixar por completo, a se espalhar mundo afora, talvez tenha sido a mais feliz da minha vida inteira.

A MANCHETE DA PRIMEIRA PÁGINA DA EDIÇÃO DO *COALFIELD Ledger* do dia seguinte dizia O MAL CHEGA A COALFIELD. Minha mãe gritou com Hobart, e ele disse que tinha colocado um ponto de interrogação no fim, mas o editor havia tirado.

— Sendo uma pergunta, sabe como é, não é tão irresponsável assim — explicou. Quando revirei os olhos, ele declarou: — E, aliás, às vezes o papel do jornalista é fazer uma provocação.

— No *Coalfield Ledger*? — berrou minha mãe.

Na primeira página havia também duas imagens. A primeira era uma fotografia colorida da casa abandonada que servira de "cativeiro" para Billy e Brooke, e de fato parecia que os policiais tinham usado sem querer uma dezena de rolos de fita e, em vez de enrolar tudo de novo, haviam decidido pendurá-la em qualquer coisa que estivesse nos arredores da possível cena do crime. A segunda imagem era uma reprodução do nosso pôster, que sendo honesta estava meio nebuloso e inofensivo no papel horrível do jornal. O tamanho tinha sido reduzido a tal ponto que a leitura da frase era impossível, mas ainda assim me vi balbuciando o slogan ao fitá-lo.

Hobart não tinha falado com Billy e Brooke porque os pais deles declararam que os dois precisavam de privacidade para se recuperar do choque da experiência. Tinha dado um telefonema de três minutos para um professor aposentado de justiça criminal na East Tennessee State University, que considerou o pôster interessante porque mãos não eram um símbolo típico de grafites satanistas, embora as crianças sem dúvida tivessem complicado as coisas. Disse que precisava de mais tempo com as palavras do pôster, precisava olhar as possibilidades matemáticas de conversão das letras em números que pudessem remetê-las ao 666. Falou também que poderia ser a letra de uma canção de heavy metal, típico de grafites dessa natureza. Além disso, o último trabalho dele de fato tinha discorrido sobre a prevalência do oculto em casos de homicídio dos anos 1980 que não foram solucionados, portanto tinha certeza de que acharia algum vínculo com o pôster.

— Um repórter de Nashville está chegando hoje para acompanhar a história — comentou Hobart.

— Do pôster? — questionou minha mãe, perplexa.

— Das possíveis implicações do pôster — esclareceu Hobart.

— Isso é o tipo de coisa que as pessoas refutaram faz uma década, Hobart — retrucou minha mãe. — Tipper Gore? Hobart, você quer ser igual àquela merda da Tipper Gore?

— É diferente e você sabe bem disso — respondeu ele. — Dungeons & Dragons e, sei lá, Judas Priest, é claro que é bobajada. Mas não existe fonte para isso aqui, entende? É um mistério.

De repente me dei conta de que eram 8h30 e Hobart estava em nossa sala de estar com as mesmas roupas que usara na véspera. Achava isso mais preocupante do que ser pega, minha mãe tinha se aproximado ainda mais de Hobart enquanto ele estragava a única coisa que me importava na vida.

ZEKE APARECEU EM MINHA CASA DE TARDE COM O EXEMPLAR de jornal de sua avó.

— Eu nem sei dizer o quanto eu odeio o namorado da sua mãe — declarou.

Na mesma hora esclareci que minha mãe se orgulhava de estar solteira, de ser uma mulher independente, e que Hobart era apenas um conhecido.

— Bom, ele vai acabar com a nossa vida — disse Zeke, e não me pareceu tão absurdo assim.

Nossas vidas giravam em torno da colagem de pôsteres, espalhando-os por todos os cantos de Coalfield, e Hobart tinha arruinado isso, temporariamente. Mas eu sabia, mesmo naquele instante, que Zeke falava de outra coisa. Falava de quando sua vida real recomeçasse. Estava com medo de ter ficha na polícia e não conseguir entrar na faculdade de artes ou algo assim. Poderia ser deserdado pelo pai. Decepcionaria os adultos. Havia uma fissura minúscula entre nós. Estávamos amarrados; tínhamos feito uma coisa. Mas agora era realidade, outras pessoas haviam reparado, eu sabia que precisava me abrir e me agarrar a Zeke, caso contrário, desapareceria.

Peguei minha mochila, cheia de pôsteres, e entramos no carro. Só demos voltas, entramos e saímos de ruas com fileiras de casas tristes, simples, em que talvez uma ou outra fosse bonita. Era tão fácil imaginar a cidade indo em uma direção ou na outra, que as casas feias seriam postas abaixo e novas seriam construídas, ou as casas chiques desmoronariam, murchariam, e então todas elas ficariam vazias. Pedi a Zeke que pegasse o mapa no porta-luvas, e ele obedeceu, relutante. De repente tratava tudo como *prova*. Não disse isso, mas sabia que pensava em digitais, o que eu considerava risível. Éramos fantasmas. Ninguém nos via. Que importância tinha se achassem redemoinhos no poster? Quem ligava para digitais? Foco nas favelas, seus imbecis. Olhem para isso.

E marcamos os lugares por onde passamos. Alguns continuavam afixados, o que me gerou uma das sensações mais satisfatórias que se possa imaginar, mas outros tinham sido arrancados. Queria colar outros nesses lugares, mas Zeke disse que era cedo demais, que alguém poderia estar observando. Estava com um dos pôsteres no colo e começou a dobrar e redobrar a folha. Achei que estivesse fazendo origami, que logo viraria um cisnezinho, mas estava só reduzindo o pôster ao menor quadradinho possível, como se, impulsionado pela força da ansiedade, ele pudesse dobrar o pôster tantas vezes a ponto de fazê-lo desaparecer, deixar de existir. Parei o carro em um lava-jato e verifiquei se não havia ninguém por perto.

— Você está se sentindo mal por causa do pôster? — indaguei. — Por que está chateado desse jeito?

— Não é o pôster. Bom, você sabe, eu amo o pôster. Acho maneiro. É que eu estou muito assustado porque parece que ninguém entende.

— Eu achava que a gente meio que não queria que ninguém mais entendesse, né? Só nós dois. Nós somos os únicos que sabem o que ele é.

Ele pensou um pouco.

— Quer dizer, é — continuou ele —, mas, tipo, eu meio que queria que os outros não entendessem e imaginassem que um artista bem maneiro fosse o autor. Não queria que não entendessem e achassem que a gente cultua o demônio e rapta crianças.

— Mas *não é* assim. Eles podem pensar qualquer coisa, a gente sabe o que ele é de verdade.

— É que eu... — começou, mas então passou a olhar fixo para a janela. Achei que uma viatura tivesse entrado no estacionamento, mas não havia ninguém por perto.

— Aqui, vai, me dá esse pôster aí — falei, e peguei o pôster dobrado que ele ainda segurava. Eu o alisei no colo. — Vou colar só esse aqui. A gente vai se sentir bem melhor se eu colar um desses e, sabe, se a gente não for preso na hora. E daí quem sabe não colamos mais alguns. Tem um monte na mochila, e a gente vê para onde isso nos leva.

— Tem um ali — disse ele, apontando para a máquina de troca de moedas na parede de tijolos em frente ao lava-jato sem nome.

— Bom, a gente pode colar mais — sugeri. — Não importa. Ou cola em outro lugar. Tanto faz.

Ele pegou o mapa e o exibiu para mim.

— A gente nunca pôs o pôster aqui — falou ele.

— É, não, eu acho que a gente pôs — rebati.

— Não, a gente nunca pôs nenhum aqui — insistiu, indicando um lugar no mapa, imaculado, não assinalado.

— Quem sabe fui eu que pus? — sugeri.

— Pôs? — questionou ele, a voz falhando um pouquinho.

— Sei lá. Não me lembro de ter posto. Talvez dormindo?

— Frankie, sério, você colou o pôster? — perguntou ele.

— Acho que não.

Ambos saltamos do carro e fomos até a máquina de troca de moedas. *A beira é uma favela.* As mãos. Nosso sangue, gotículas deles. Era nosso pôster. Olhei fixo. Mas não era nosso pôster. Eu o arranquei da máquina e percebi na mesma hora que aquele não era o papel ruim comprado com desconto que tínhamos na garagem. Era melhor. A qualidade era diferente. Era um pouco mais pesado. A cor também era um branco impecável, não o amarelado dos nossos pôsteres. Voltamos para o carro e o comparei à cópia que tinha pegado das mãos de Zeke.

— Ah, bom, ok, esse... esse não é nosso — declarei por fim.

— Então é de quem? — perguntou ele.

— Eu sei lá. Alguém pegou nosso pôster e fez cópias, acho.

— Fez cópias?

— Acho que sim, Zeke! Caramba, sei lá.

Zeke pensou nisso por um instante. A ideia de que alguém pudesse levar crédito pelo pôster pareceu assustá-lo, mas a de que outra pessoa pudesse ir parar na cadeira elétrica por criar o pôster pareceu aplacar temporariamente a ansiedade dele.

— Então roubaram? — perguntou, enfim.

— Eu não sei como funciona — confessei. — É roubo fazer cópia? Quer dizer, a gente fez cópias. A gente tem o original. A gente é que criou. A outra pessoa está só compartilhando.

— Mas por quê? — questionou Zeke.

— Porque é incrível — lembrei a ele. — A gente criou e as pessoas gostaram, ou pelo menos tem alguém que gostou. Então a pessoa está querendo garantir que os outros vejam.

— Acho que eu não tinha pensado nisso — confessou ele.

— Está tudo bem, Zeke — falei. — Não vai acontecer nada com a gente. Nada ruim, pelo menos.

Ele pegou nossa cópia do pôster, alisou o papel de novo e enfiou a mão na mochila para pegar fita crepe. Por conta própria, voltou à máquina de trocar dinheiro e grudou nossa cópia do pôster. Olhou para mim, que ainda observava de dentro do carro, e me fez um joinha. Rodamos Coalfield, e só voltamos para casa quando a mochila estava vazia.

ALGUNS DIAS DEPOIS, O *TENNESSEAN* PUBLICOU UMA MATÉRIA no caderno de notícias locais com a manchete ARTE DE RUA PERTURBADORA ATORMENTA CIDADEZINHA. A matéria em si reafirmava as preocupações de que a arte tivesse relação com um culto até então desconhecido. Se era uma divisão de um culto nacional ou um culto local, o repórter não sabia dizer. O advogado de Billy e Brooke (o tio de Brooke, que só cuidava de processos por lesão corporal e tinha um comercial de rádio que dizia "Se erraram contigo, deixa o conserto comigo") emitiu a declaração oficial de que os dois honrados jovens agora já não tinham certeza da veracidade dos detalhes dos depoimentos iniciais, talvez devido à ingestão involuntária de drogas psicodélicas. No entanto, reiteravam a afirmação de que haviam sido raptados por três sujeitos que se diziam "fugitivos" ou "os fugitivos". Um pastor metodista foi citado, dizendo que a Bíblia do Rei Jaime fazia pouquíssimas referências a fugitivos (ou de uma palavra sinônima de *fugitivo*) e "nenhuma delas era especialmente agradável". O repórter mencionou que a viatura da polícia local tinha notado um surto de ligações de cidadãos aflitos que avistaram uma van preta ou figuras misteriosas vestidas de preto, mas as investigações subsequentes não renderam frutos. Um professor de Artes da Watkins College disse que o pôster tinha "ecos dos grafites de rua populares em grandes cidades como Nova York e Filadélfia" e que os criadores pareciam ter algum conhecimento de artistas culturalmente relevantes como Jean-Michel Basquiat e Keith Haring. À pergunta sobre a possibilidade de haver imagens ocultistas no pôster, o professor respondia: "É claro, sem dúvida elas também estão presentes".

Eu não fazia ideia de quem era Basquiat. Já tinha visto algumas ilustrações de Keith Haring em uma revista qualquer, mas não via nada parecido com aquilo no que tínhamos feito, figurinhas de cabeça grande bizarras e dançantes. Fiquei meio brava. Era uma bobagem, mas queria saber se o professor achava o pôster bom.

No último parágrafo, o repórter citava Teddie Cowan, o delegado do condado, que declarava: "Não vamos entrar em pânico, mas, ao mesmo tempo, parece que forças ocultas estão em jogo, e vou fazer tudo o que estiver a meu alcance como representante da justiça para arrancá-las pela raiz e mandá-las para o lugar mais longe de Coalfield humanamente possível".

E apesar de estar sozinha em casa, minha família inteira no trabalho, em minha cabeça eu via Zeke, tinha uma verdadeira visão dele. Ele estava no alpendre, segurando um exemplar do jornal, esperando que eu lhe dissesse que estava tudo bem, que não estávamos em apuros. E eu lhe diria isso no instante em que abrisse a porta e o visse, a boca esquisita, os olhões dele. Eu falaria na mesma hora que aquilo era uma coisa boa. Que tínhamos criado algo bom. Que éramos invencíveis, que nada de mal aconteceria nem com um nem com o outro. E lhe diria que a única coisa que nos restava fazer, porque de fato não tínhamos alternativa, era colarmos mais pôsteres. A única forma de ficarmos a salvo, eu falaria, era fazermos mais cópias.

Nove

UMA ONDA DE CALOR HAVIA CHEGADO, E EU SUAVA O TEMPO inteiro por causa, bom, por causa do calor mesmo, é claro, mas também da sensação louca de que a situação estava saindo de controle com rapidez. Tentava descobrir como evitar que tudo desmoronasse, como me agarrar àquilo que eu tinha criado, mas isso se tornava cada vez mais difícil. Estava sempre com o rosto vermelho, me coçando, minha blusa encharcada de suor. Sentia minha boca inteira eletrizada. Minha barriga doía o tempo inteiro, e para resolver o problema, eu só conseguia comer mais Pop-Tarts e Cheetos, o que piorava a situação. Tinha escrito cinquenta páginas do romance em uma semana: não conseguia parar. Precisava de uma história que pudesse controlar, que não continuasse quando eu parasse de escrevê-la.

Quando digo que os pôsteres estavam em tudo quanto era lugar, quero dizer que não éramos os únicos que os tinham nas mãos. E não falo só de Coalfield, embora a cidade já estivesse tomada por aquilo que Zeke e eu havíamos criado, os pôsteres mais parecendo um enxame de cigarras, se aferrando a tudo.

Um dia, estávamos jantando, vendo o canal 4, e a apresentadora, que tinha voltado ao Tennessee depois de fazer o papel de assistente, não estou brincando, no *talk show* desastroso de Pat Sajak, falava do pôster. E minha mãe disse:

— Ai, meu Deus, não acredito. O Hobart vai ficar... vai ser um horror.

A apresentadora mencionou Coalfield, e exibiram algumas imagens de nossa cidade, a praça, nosso pôster, mas depois mostraram vídeos das ruas de Nashville, uma fileira de pôsteres balançando ao vento. E reparei, mesmo àquela distância, que não era de fato o nosso pôster. Primeiro que usavam um papel laranja berrante, que eu achei que lhe dava um ar assustador meio bobo, como se fosse Halloween. Além disso, as mãos eram diferentes, menos detalhadas. O pôster inteiro carecia de detalhes. Era, de verdade, uma bosta. Um repórter na rua segurava um dos pôsteres para a câmera, que o enfocou, e a segunda metade da frase dizia "nós somos os Novos Fugitivos", e eu pensei: *Mas que porra é essa?*

— Não está certo — falei em voz alta, e minha mãe olhou para mim.

— O que não está certo? — indagou.

— É que... assim, a frase é diferente da do pôster de Coalfield.

— Ah — disse ela, tentando enxergar melhor a TV. — Eu acho que está certo. Gente procurando ouro? Favela?

— A beira é uma favela cheia de gente procurando ouro...

— Não, eu sei, Frankie — retrucou ela, mas eu continuei:

— ...somos *fugitivos*, e a justiça está seca de fome atrás de nós.

— Entendi — disse minha mãe.

— Seca de fome — repetiu Andrew, já na terceira cumbuca de cereal Hamburger Helper. — Seca de fome. Gostei. Seca de fome.

— Eu também gosto — declarei sem nem olhar para ele —, mas esse aí diz "novos fugitivos" e... bom, não é isso que o pôster diz.

— Bom, não é isso o que *esse* pôster diz — sugeriu Charlie.

— É... — respondi, sem saber como explicar. Ou, não, eu sabia como explicar, mas também sabia que não podia fazer isso.

E FOI ESQUISITO, MAS ENQUANTO EU IA FICANDO COM RAIVA, Zeke parecia mais leve, mais calmo. Na cabeça dele, o fato de haver no mínimo outra pessoa em Coalfield colando pôsteres facilitava que negássemos nosso envolvimento. Mesmo se fôssemos pegos, não passávamos de adolescentes idiotas tentando imitar o que tínhamos visto. Éramos muito impressionáveis. Muito burros. Muito desesperados. Só queríamos ser maneiros porque não éramos nem um pouco maneiros, e o senhor não vai ligar para nossos pais, vai, moço?

Nem preciso dizer que não gostava dessa ideia. Não deixaria isso acontecer. Mas se com isso os dentes de Zeke parassem de bater quando estávamos sentados lado a lado, se ele parasse de pensar ter visto uma van preta passar, então eu achava que tudo bem. Eu podia continuar fazendo o que precisava fazer. E o deixava um pouco mais animado em relação ao que tínhamos criado juntos, o fato de outras pessoas gostarem.

Zeke e eu estávamos em meu carro, as janelas abaixadas, ainda derretendo, nosso suor se cristalizando, e eu o observava usando as várias canetas, desenhando as mãos repetidas vezes. Adorava ver os movimentos ágeis dele, o momento singular em que percebia o que as linhas estavam formando. E que, a partir daquele momento, o que quer que eu fizesse, por mais que virasse a cabeça, ficava impossível de desver. Por algum motivo, era um truque de mágica do qual eu jamais me cansava. Assim que ele terminasse, pediria que fizesse aquilo de novo, e ele apenas viraria a folha do caderno. Não era automático, não era maquinal. Toda vez ele pensava, ponderava o que estava fazendo, e eu esperava sentada, tentando detectar o segundo em que meus olhos enxergavam o que eu sabia estar por vir. Era julho. O verão não duraria para sempre. Ou talvez durasse. Eu não fazia ideia.

BRIAN NOS CONTOU QUE TINHA VISTO LYLE TAWWATER DE camiseta do time Oakland Raiders e calça preta de moletom, botando um pôster em uma bomba de gasolina do Golden Gallon. Lyle tinha 22 anos e havia machucado a coluna no Ensino Médio, quando capotou de jipe. A irmã estava no banco de trás e continuava em coma em um hospital de Knoxville. E Lyle, um menino quietinho do interior, havia ficado bem estranho quando se livrou do gesso que cobria o corpo inteiro, começou a frequentar mercados de pulgas e comprar facas antigas de lâmina fixa para transformá-las em instrumentos bizarros, quase medievais, de violência, que depois vendia em feiras de artesanato. Tinha sempre uma leve penugem acima do lábio superior, pelinhos loiros bem finos, mas o olhar era de maluco.

Brian perguntou a Lyle se ele era um fugitivo, e Lyle sorriu e levou o indicador à boca. Voltou para o carro e disse:

— Sou um deles. — E deu partida.

Brian tinha arrancado o pôster e o mostrou para mim. Não era uma cópia do nosso pôster, mas a versão de Lyle, as linhas tão sombrias e raivosas que quase vibravam. Havia recriado minhas frases com exatidão, mas as mãos eram esqueléticas. E na cama havia uma única pessoa, uma menininha, ligada a aparelhos.

Imaginei Lyle, ainda morando com a mãe, sentado no quarto e fazendo mais de uma dúzia de cópias do pôster à mão. Por alguma razão, a ideia não me entristeceu. Quer dizer, Lyle sempre me entristecia porque tinha destruído a própria vida e a vida da pessoa que mais amava no mundo por ter feito uma curva rápido demais. Mas me parecia uma espécie de graça. Eu me perguntava quantos ele teria que colar para que a irmã despertasse do coma. Independentemente do número, por mais improvável que fosse, achava que valia a tentativa.

E Zeke e eu vimos uma menina, Madeline, colar pôsteres sem medo de ser pega, afixando-os às árvores da praça. Madeline tinha sido líder de torcida nos últimos anos do Ensino Fundamental, mas depois, não sei muito bem o porquê, pois não estava por dentro das negociações complexas necessárias para se ter popularidade, ela desistira e passara a andar com o pessoal do teatro. Não era gótica, não de verdade, porque acho que ninguém sabia o que isso significava. Quer dizer, ela ouvia Nine Inch Nails. Usava delineador preto à beça. Não sabíamos que nome dar a isso, mas sabíamos que, de repente, Madeline não era mais a Madeline que formava a base robusta da pirâmide antes das partidas. Havia mudado.

Não sou capaz de exprimir de que forma, sob inúmeros aspectos, Coalfield controlava como o mundo externo chegava a nosso conhecimento. Por exemplo, a gente não sabia nada sobre punk até ouvir Green Day no rádio, muito depois de a banda ficar popular, e se a adorasse, talvez você começasse a correr atrás. Não tínhamos MTV no pacote de TV a cabo. Era preciso comprar a *Spin* ou a *Rolling Stone* e retroceder até descobrir os Sex Pistols. E depois de tomar conhecimento dessas duas bandas, era necessário ainda mais empenho para preencher a lacuna entre uma banda e outra e, se desse sorte, existiria alguém que tinha ganhado do primo uma fita do Minor Threat e essa pessoa gravaria uma cópia para você. Ou você ia à Spinners e passava um tempão revirando as fitas usadas até achar uma com capa interessante, e quem sabe acabava comprando o *My War* do Black Flag. Mas, de qualquer forma, você nunca vivia de um jeito linear. E ficava sempre meio constrangido por saber que outras pessoas, pessoas de Nashville ou de Atlanta (capazes até de conceber a cidade de Nova York), ficavam sabendo de tudo isso na ordem exata em que essas coisas deveriam ser consumidas, então você não tocava no assunto. Trancafiava tudo dentro de si e de repente estava mandando envelopes com dinheiro para gravadoras sobre as quais lia na *MRR* e recebia um vinil de sete polegadas de uma banda punk de Wisconsin que nunca mais gravaria outra música.

Para mim, a situação era igual em relação aos livros. Depois de ler todos os livros da Nancy Drew duas vezes, descobri *The Chocolate War* na biblioteca da escola, e quando disse à bibliotecária que tinha gostado, ela me deu *The Outsiders: vidas sem rumo*. E em seguida minha mãe me deu Flannery O'Connor, e eu comecei a pegar tudo que aparecesse e não fazia ideia do que os outros achavam bom nem do que era relevante. E por isso quase nunca dizia a ninguém do que eu gostava, pois morria de medo de que me dissessem que eu era burra. Tudo o que você amava se tornava uma fonte tanto de obsessão intensa quanto de possível vergonha. Tudo era segredo.

Madeline me viu olhando fixo para ela e apenas sorriu. Acho que nem sabia quem eu era. Mas fez chifre de diabinho com a mão direita e disse, sem fazer som, as palavras "Somos fugitivos" e eu fiz que sim.

Zeke perguntou:

— Quem é essa?

Balancei a cabeça.

— Uma idiota qualquer — respondi, e fomos em busca de um lugar que tivesse um esconderijo que aceitasse nossa obra.

E de fato achamos lugares assim. Não paramos. Zeke passou a pegar garrafas vazias de dois litros de Coca, pintá-las de dourado e fazer ilustrações lindas de lobos e flores e padronagens complexas com as canetas chiques. Enrolávamos um pôster, enfiávamos na garrafa e vedávamos. Depois as enterrávamos cidade afora, como se fossem cápsulas do tempo. Marcávamos todas no mapa com um desenhinho de ampulheta. E cada uma dizia um tempo diferente. Abriríamos aquela dali a cinco anos. Aquela outra dali a dez. Outra dali a vinte. Quarenta. Cinquenta. Éramos muito jovens. Não nos parecia tão impossível embarcar num avião, nos encontrarmos em uma praça decrépita com um único balanço e um trepa-trepa quebrado, com nossos sessenta anos, e escavar a cápsula do tempo, só para podermos dizer: "Nós é que criamos isso. É exatamente como eu lembrava". E então a enterraríamos de novo, deixaríamos ali para que outra pessoa a descobrisse.

As patrulhas dos policiais estavam mais frequentes, mas ainda parecia surreal, e procuravam uma van preta, uns *roadies* do Iron Maiden parrudos e com o cabelo seboso. E outros adolescentes, talvez até adultos, tinham começado a fazer aquilo. A Kroger, que tinha uma copiadora que cobrava cinco centavos por folha, a pedido da polícia já não permitia que as pessoas usassem a máquina. A biblioteca também tinha uma copiadora, mas se recusava a impedir que os frequentadores a usassem, embora agora uma bibliotecária, a sra. Ward, que tinha um cabelo bem doido tingido de preto e devia estar na casa dos oitenta anos, fosse obrigada a verificar todos os documentos que a pessoa quisesse copiar. Em meia hora, a pessoa podia ir de carro a Manchester ou a alguma outra cidade grande o bastante para entrar em uma Kinko's e fazer o que bem entendesse. Havia um grupinho de homens, uma milícia muito, muito triste, que tomava cerveja e depois patrulhava as ruas, arrancava os pôsteres, acendia uma fogueira ridícula, se sentava ao redor dela e acreditava estar protegendo a cidade. E eram barulhentos para cacete, e como perdiam o fôlego ao caminhar demais, pegavam suas caminhonetes, e a polícia destacou uma viatura só para garantir que não atirassem em ninguém, portanto era fácil lidar com tudo isso. E em geral atuávamos em plena luz do dia, quando ninguém se importava, quando ninguém nos via.

Zeke desenhava tanto que já estava no quinto caderno do verão. O romance, sabe-se lá como, havia avançado. Só faltava eu descobrir se minha personagem ficaria impune. Quer dizer, é claro que ela ficaria impune, mas precisava resolver o nível de espetaculosidade do último crime. Fazia apenas um mês e meio que eu e Zeke nos conhecíamos, mas aquela primeira explosão de fisicalidade tinha se esgotado, e isso deixava um mais à vontade com o outro. Já não era esquisito passarmos horas só com os joelhos se encostando. Nunca fizemos algo mais, eu nunca enfiei a mão dentro da calça dele, por exemplo. Ele nunca tocou meu peito, e acho que eu teria morrido se isso acontecesse. Era como se tivéssemos tirado os beijos do caminho, decidido que esse seria o nosso máximo antes de as coisas ficarem repulsivas e estranhas e tristes, e apenas falássemos sem parar e curtíssemos o fato de o outro escutar.

Zeke disse que a mãe andava conversando com uma advogada de Memphis, uma especialista em divórcio, e que ela havia enviado um envelope grande cheio de documentos. A mãe de Zeke ainda não tinha aberto o envelope, mas ele estava na cômoda do quarto dela.

— Ela vai largar ele? — perguntei a Zeke.

Ele deu de ombros.

— Vai saber... Ah, se ela assinar a papelada, imagino que sim.

— Lamento, eu sei que é uma merda, mas eu meio que tenho inveja da sua mãe. Quem dera minha mãe tivesse conseguido agir assim, tivesse enfiado um montão de documentos na cara do meu pai e falado tipo "Cai fora, seu filho da puta". Acho que ela seria mais feliz. Nós todos seríamos mais felizes. Ele ainda teria a outra filha. E teria sido uma delícia.

— A verdade é que eu não quero que ela faça isso — confessou Zeke.

— Eu sei. Quer dizer, *eu* quero que ela faça, mas entendo você não querer.

— Ele não ligou nem uma vez — disse ele. — Quer dizer, acho que ele andou ligando, mas não pediu para falar comigo.

— Que imbecil. Mas, tipo, se sua mãe largar ele, vocês vão continuar aqui?

— Não sei. Minha mãe não tocou nesse assunto. Ela não fala *nada*. Só toca música e olha para a parede.

— Se vocês continuassem aqui, você iria para a escola comigo. Nada teria que acabar, entende?

— É — respondeu ele, mas eu via que ficava triste em pensar nisso. Quem iria gostar de estudar na Coalfield High School?

— Eu não tenho amigos — admiti.

— Eu sei — respondeu Zeke. — Você me disse. Eu tenho *alguns* amigos.

Passamos um instante em silêncio, e então ele complementou:

— Mesmo que eu volte para Memphis, nós vamos continuar amigos, né?

— É — falei. — Espero que sim.

ALGUNS DIAS DEPOIS, LYLE TAWWATER MORREU. CAIU DA TORRE da caixa d'água, pois tinha subido a escada para colar pôsteres lá no alto. Hobart nos contou, pois estava junto quando a polícia atendeu ao telefonema de alguém que descobriu o corpo de Lyle de manhã, ao passear com o cachorro. Ele disse que Lyle estava dobrado, quebrado, e havia uma dúzia de cópias do pôster espalhadas a seu redor. Nunca vi Hobart mais triste do que naquele momento.

— Aquele pobre coitado — disse, enfim.

— É um horror — comentou minha mãe, amolecendo com ele, segurando sua mão.

— Se eu não tivesse escrito aquela porcaria de matéria — disse ele, mas minha mãe o calou.

Eu sentia um monte de emoções esquisitas rodopiando dentro de mim, sem qualquer forma de expressá-las em público, por isso fui para o quarto. Do fundo da gaveta de meias, peguei o pôster feito por Lyle, aquele que meu irmão havia pegado. Eu o adorava, de verdade. Lyle havia morrido. Eu tinha dezesseis anos, sabe? Tudo a minha volta estava em fluxo constante, nada estava assentado, e me sentia estranha em meu corpo. Mas era suscetível à culpa. Assim como Hobart, questionava se eu teria matado Lyle. Quer dizer, tinha certeza de que diria sim caso me sentasse para mapear tudo. E sempre que pensava nisso, que eu era a responsável pela morte de uma pessoa, no mesmo momento afastava essa ideia, tentava escondê-la debaixo de todas as outras coisas existentes dentro mim.

Não acreditava em Deus de verdade, mas acreditava em penitência, em reconciliação. E sabia que precisava parar de colar meu pôster. E talvez por isso doesse quando afastava Lyle dos meus pensamentos, porque não iria parar, e isso basicamente consolidou o fato de que eu era uma pessoa ruim. Era uma pessoa ruim e nem tentava lutar contra isso.

Segurei o pôster contra a luz. Talvez minha penitência fosse fazer uma centena de cópias dele, continuar colando-o, por Lyle, mas não poderia. Não era meu pôster. Não exercia poder algum sobre mim.

Tive que incorporar Lyle e a irmã dele ao nosso pôster, colar o dobro de cópias. Eu me perguntava quantas pessoas caberiam nele. Nosso pôster. Meu e de Zeke. Se eu morresse, esperava que ele continuasse a fazê-los. Se Zeke morresse, tinha certeza absoluta de que eu continuaria. Talvez fosse isso o que me deixasse tão triste a respeito de Lyle. A irmã dele estava em um leito hospitalar, distante; ele estava sozinho quando aconteceu. Era melhor, concluí, ter alguém junto.

AS COISAS SÓ DEGRINGOLARAM. AQUELA MILÍCIA ESQUISITA DE pais, o Bonde do Pôster, estava sempre embriagada, ao redor da fogueirinha que ardia na calçada, e um dos homens, o sr. Brewer, viu um borrão preto passar rápido do outro lado da rua e levantou a espingarda, que disparou, no que tinham nos ensinado no curso obrigatório de segurança de caça da oitava série se tratar de uma *disparo acidental*. Acabou acertando o sr. Henley, professor de mecânica automobilística na escola profissionalizante, bem no rosto. E apesar de não ter morrido, o sr. Henley passou o resto do verão no hospital e perdeu o olho direito. Pior ainda é que outros dois homens, um deles o diácono da igreja presbiteriana, deram vários tiros na direção de onde o sr. Brewer berrara ter visto o vulto escuro. Uma das balas atravessou a janela da casa do outro lado da rua e passou raspando pelo pescoço de uma idosa. Se a polícia não estivesse ali, vigiando os homens para que não botassem fogo no quarteirão inteiro, ela teria sangrado até morrer.

O que Zeke e eu não conseguíamos entender direito, embora continuássemos colando pôsteres com a mesma regularidade de antes, era como a cidade inteira estava forrada daquilo que havíamos criado. As pessoas também andavam pintando com spray partes da frase, ou tentando recriar as mãos, a tinta escorrendo, mais parecendo tetas de vaca. Tentei imaginar quais adolescentes de Coalfield eram esquisitos a ponto de fazerem isso, que maconheiros ou drogados ou góticos ou piadistas estariam dispostos a realizar tamanho feito, mas comecei a pensar que talvez não interessasse quem eram. Talvez fosse como qualquer experiência esquisita, gerada pelo *zeitgeist*. Você via o que estava acontecendo e resistia (ou atingia alguém no rosto com uma espingarda) ou se deixava influenciar. E de uma forma ou de outra, fizesse o que fizesse, a coisa continuava, pelo tempo que quisesse. E eu torcia que fosse para sempre.

Estávamos comendo cachorro-quente no carro, estacionado no Sonic Drive-In, onde os garçons e garçonetes usavam patins e levavam bandejas de comida até os carros. Brian, que preparava as frituras ali, dizia que os cachorros-quentes eram bons porque eram fritos duas vezes. Zeke pagou tudo. Minha verba estava abaixo do normal porque não estava aceitando muitos bicos de babá, mas Zeke apenas dizia à mãe quanto dinheiro queria naquele dia, e ela dava a grana sem questionar.

— Vocês são ricos? — perguntei.

Sabia que ele frequentava escola particular, mas isso indicava apenas que tinha um padrão de vida acima do meu. Ele refletiu.

— É, eu acho que sim? Sim. Eu não tinha certeza quando estava em Memphis, mas agora que estou aqui em Coalfield, nesse verão? Olhando ao redor, sabe? Tenho quase certeza de que somos ricos.

Zeke era o tipo de rico que eu conseguia tolerar, que parecia não saber o que o dinheiro poderia fazer por ele. Talvez na escola particular de Memphis, a mãe dele sendo uma prodígio do violino, o nível de riqueza e privilégio fosse tamanho que isso não tivesse a serventia que eu esperava. A única coisa que me interessava, além do fato de que ele poderia pagar quatro cachorros-quentes para mim se eu pedisse, era que, se a situação ficasse muito ruim, se fôssemos pegos, a grana dele poderia nos tirar da encrenca.

Enquanto tomávamos nossas Oceans Waters, um refrigerante de coco azul horrível e maravilhoso em um copo de isopor tão grande que se você bebesse tudo de uma vez entraria em coma de tanto açúcar, Zeke e eu conversávamos sobre o que sempre conversávamos, tentando lembrar de trechinhos de nosso passado, tentando nos explicar da forma certa para o outro. Contei a ele sobre meias que pendurávamos no Natal, que as dos trigêmeos tinham pequenos quebra-nozes, azuis e vermelhos e verdes, mas a minha tinha um anjo que parecia morto, os olhos fechados e as mãos entrelaçadas sobre o peito. Zeke me contou do rato que achou no quintal quando tinha seis anos, ferido por um gato de rua, e o levou para o quarto e tentou alimentá-lo, mas a mãe o tinha encontrado morto debaixo do travesseiro dele no dia seguinte. Era como se já tivéssemos passado por todas as grandes narrativas, a forma como nossas famílias haviam desmoronado, a sensação de que éramos muito diferentes de todo mundo, o desespero de criarmos algo relevante, e tivessem sobrado as coisas verdadeiras, as que interessavam, que um dia eu tinha tido um pesadelo e entrado, aos trancos e barrancos, no quarto dos trigêmeos e perguntado aos três se poderia dormir com eles, até que Charlie, por fim, me deixou deitar em sua cama de solteiro. Que de manhã Andrew e Brian zoaram Charlie, e que eles bateram cabeça feito o Moe dos Três Patetas, e o quanto isso me encantou, a primeira vez que a violência dos meus irmãos me pareceu agradável.

E depois de esgotarmos essas histórias por enquanto, querendo espaçá-las, agarrá-las, falamos dos pôsteres.

— Eu estava pensando nisso ontem à noite — disse Zeke. — Mesmo se a gente parasse agora, que importância teria?

— Teria importância à beça — declarei. — Para mim.

— Não, eu sei. Sei disso — respondeu ele. Balançou a cabeça, tentando entender o que queria dizer. — Assim, que importância teria para o resto do mundo? Já tem mais gente fazendo. Ou isso vai continuar ou vai parar, não importa o que a gente faça.

— Bom, ok, pode ser.

— Não, eu acho que é bom, entende? A gente pode continuar, e tudo bem a gente continuar, e mesmo se acontecer alguma coisa ruim, não é como se a gente pudesse interromper essa coisa.

— Meio filosófico — comentei.

— Pode ser — admitiu ele.

— Não sei nada de filosofia — disse a ele —, então não sei se é um raciocínio sensato ou não.

— Vai ver eu estou só tentando me sentir melhor porque o cara morreu — disse ele. E eu sabia que isso estava por vir. Na primeira vez que o vi após a notícia sobre Lyle ser divulgada, ele foi enfático ao dizer que *não queria falar no assunto*. E, por egoísmo, eu torcia para que talvez nunca precisássemos conversar sobre isso.

— Ah, Zeke — sussurrei.

Ele se calou. Deu outra mordida no cachorro-quente.

— A gente matou o cara, Frankie. A gente teve participação nisso, sem sombra de dúvida. Não me importa o que você diga, eu sei que essa é a verdade.

— Bom, é, a gente teve uma participação. Se a gente não existisse, talvez o Lyle ainda estivesse vivo.

— Não, não precisa ser se a gente não existisse, Frankie. Você sabe disso, né? A coisa importante que a gente fez foi o pôster. Se a gente não tivesse feito o pôster, ele ainda estaria vivo.

— É — admiti. — Eu sei. Mas não foi só a gente. Se a irmã dele não tivesse se ferido. Se ela tivesse se recuperado. Se aqueles idiotas não tivessem dito a mentira de que foram raptados por adoradores de Satã. Se o noticiário não tivesse tocado no assunto.

— Eu sei. Não acho que a gente tem que assumir a culpa *toda*. Mas a gente tem que aceitar parte dela. Tem mesmo.

— Eu aceito — declarei. — Mas só chego até esse ponto. Eu aceito, mas não posso mudar nada.

Zeke olhou para mim e assentiu.

— Acho que estou só tentando entender como eu poderia ter feito esse troço e ainda ser uma boa pessoa. Minhas intenções eram boas, né?

— É claro que sim — afirmei.

— E o que a gente fez é bom — disse ele, e agora me parecia um pouco mais seguro.

— É bom — confirmei. — É a melhor coisa do mundo.

— E então seguimos em frente — disse ele. — Porque isso vai seguir em frente com ou sem a gente.

Sabia que ele estava fazendo aquilo por si, que queria concluir que não era uma pessoa ruim. E isso me fazia amá-lo, embora fizesse eu me sentir um pouco pior. Porque eu já não ligava mais se era uma pessoa ruim. Eu apenas... apenas não ligava.

E SE ESPALHOU. É DIFÍCIL EXPLICAR A ALGUÉM QUE NÃO CRESceu em uma época anterior à internet como isso era algo impossível, e se isso me impressionava na época, devia ser cinco vezes mais prevalecente do que os noticiários e os jornais davam a entender. Não foi como uns anos depois daquele verão, quando a sequência de acontecimentos inteira apareceu no *Unsolved Mysteries* e no *Hard Copy* e no *20/20*, e antes de ser mencionada no *Saturday Night Live*, em que no final das contas era Harrison Ford quem colava os pôsteres, embora ele pusesse a culpa em um homem que só tinha um braço, e antes do filme para TV *A beira: a história do Pânico de Coalfield* e do álbum conceitual de 27 canções do Flaming Lips, chamado *À procura de ouro na favela*. Foi antes de a empresa de roupa casual X-Large criar uma linha de peças inteira com o pôster. Foi antes de a empresa de roupa casual japonesa A Bathing Ape fazer uma linha de peças quase idêntica ao pôster cinco anos depois. Foi antes de uma série de matérias do *New York Times* sobre o Pânico de Coalfield ganhar o Prêmio Pulitzer. Foi antes até de sete pessoas se apresentarem assumindo a responsabilidade pelo pôster, antes de todos os sete serem refutados sumariamente. Foi antes mesmo de o pôster ganhar uma página na Wikipédia, antes de existir o abeiraeumafavela.com e somosfugitivos.com e ajusticaestasecadefomeatrasdenos.com, nomes de três bandas emo dos anos 2000. Foi antes de um fórum de luta livre dizer que a frase vinha de uma propaganda do Ultimate Warrior que nunca tinha sido lançada, e antes de as pessoas passarem anos a fio tentando achar a fita da campanha. Foi antes de a Urban Outfitters vender a gravura do pôster por 45 dólares. Foi antes de um chef famoso de Nova York abrir um restaurante de frango frito chamado Seca de Fome, que não durou nem um ano. E antes de um contingente enorme de cidadãos de um país minúsculo do Leste Europeu derrubar o governo corrupto bradando "Somos fugitivos" em inglês ao invadirem a mansão do presidente, e uma das rebeldes, uma jovem que, sendo sincera, era linda demais para estar enfrentando governos corruptos, levantou um cartaz com a mesma frase para uma fotografia icônica que foi capa da *Newsweek*. Foi antes disso tudo, o que era muito mais complicado de entender do que qualquer coisa que tenha acontecido durante aquele verão, apesar de eu não entender muita coisa daquele verão, porque ainda me parece um sonho. Porque minha vida ainda parece um sonho. Porque toda vez que me convenço de que o que eu tenho, a vida que criei, é de verdade, eu me pego voltando automaticamente àquele verão e o repassando várias e várias vezes em minha cabeça, e ainda não sei dizer ao certo se alguma daquelas coisas de fato aconteceu.

A única prova é que eu continuo aqui. E o pôster continua aqui. E eu sei disso porque ainda tenho o pôster original, com meu sangue e o sangue de Zeke. E quando começo a perder a noção de quem sou, quando começo a me afastar de minha vida, pego o pôster original e faço uma cópia na multifuncional de meu escritório particular, vou a algum lugar, qualquer lugar do mundo, e colo. E eu sei, nesse momento, que minha vida é verdadeira, porque existe uma linha que vai deste momento até aquele verão em que eu tinha dezesseis anos, em que o mundo inteiro se abriu e eu o atravessei.

Dez

COALFIELD ERA UM NADA. ERA UMA BOBAGEM. ERA RURAL assim como muitos lugares rurais eram em meados dos anos 1990, ou seja, tinha Walmart e redes de fast-food e pequenas subdivisões de casas em escalas diversas de riqueza e depois plantações e mais plantações de soja. Ninguém viria para cá se não estivesse visitando a família ou tivesse arrumado emprego na fábrica da Toyota ou na base de engenharia da Força Aérea, que ficava a algumas cidadezinhas de distância. O que nós tínhamos, todo mundo também tinha, e quem iria querer uma coisa dessas? Então foi uma sensação estranha quando Coalfield, graças a nós e ao que tínhamos feito, virou um lugar relevante.

Naquele verão, as pessoas consideraram prioridade visitar Coalfield. Universitários, tão lindos e bronzeados, sempre um pouquinho bêbados ou chapados, vinham da Geórgia e da Carolina do Norte, saltavam dos carros e apenas caminhavam pela nossa cidade. Procuravam os pôsteres, e quando viam algum, o roubavam ou tiravam foto. O Royal Inn, via de regra usado apenas por peões de obra e para bizarrices sexuais, agora estava sempre lotado, com festas em volta da piscina que a gerência nem se dava ao trabalho de encher. Hippies velhos apareciam de trailer com isopores repletos de sanduíches empapados e refrigerantes de laranja, montavam um piquenique no parque nacional e ficavam olhando as pessoas colarem ou arrancarem pôsteres. Havia adolescentes de todos os condados das redondezas, e eles usavam camisetas de bandas como Napalm Death, Marilyn Manson, Soundgarden e Korn, e estavam com nosso pôster nas mãos, procurando um lugar onde colar.

Bethy Posey, que estava grávida à beça, algo inimaginável naquele calorão, e que tinha minha idade, mas era miúda feito uma boneca, apesar da barriga gigantesca, havia montado uma mesa para vender cópias do pôster original. Um dólar a cópia. Tinha versões customizadas com a palavra "fugitivos" apagada, onde a pessoa poderia escrever o próprio nome antes de colar e tirar uma foto. O ex-namorado dela, Danny Hausen, que treinava para ser lutador profissional, tinha feito alguns pôsteres em que, em vez das camas com as crianças, tinha desenhado o Bart Simpson ou o Elmo ou o símbolo do programa do time de futebol americano Tennessee Volunteers.

Era meio que um Lollapalooza, o tipo de evento que durava o dia inteiro, mas abaixo da superfície havia uma sensação intensa, as pessoas esperando para ver o que ia acontecer. E portanto, é claro, de vez em quando alguma coisa acontecia. Alguém ateou fogo a uma árvore da praça e ela foi reduzida a cinzas antes de os bombeiros chegarem ao local. Alguém viu uma van preta estacionada no Bi-Lo e uma trupe de gente da cidade arrebentou o carro com tacos de beisebol e martelos, e a polícia precisou aparecer para todo mundo se dispersar. Na piscina pública, um homem ficava jogando moedas de ouro fajutas nas pessoas e falando que quem procurava ouro era apaniguado do diabo, e Latrell Dunwood tentou afogar o cara, e foi preciso que seis salva-vidas apavorados o impedissem. O Bonde do Pôster se agachava na plataforma de uma caminhonete levantada e circulava pela cidade inteira ameaçando matar qualquer um que parecesse minimamente ser um fugitivo ou procurar ouro. A tabuleta da igreja presbiteriana dizia SERÁ QUE DEUS ESTÁ SECO DE FOME ATRÁS DE VOCÊ?, e Zeke falou:

— Não deveria ser "Será que você está seco de fome atrás de Deus?"?

E eu respondi:

— Zeke, faça-me o favor.

Era absurdo.

É impossível explicar como era bizarro. Tem tantos vídeos caseiros daquele verão na internet, com gente dando voltas sem rumo, berrando a frase que eu tinha escrito. Sempre havia pôsteres descartados soprados pelo vento, voando pelas ruas porque as pessoas não ligavam se ficavam colados ou não.

Também era emocionante.

Zeke e eu percorríamos a cidade inteira. Gastava meu dinheiro todo em gasolina. E todos os pôsteres que via, eu nem precisava pensar duas vezes. Virou um reflexo. Eu sabia e ponto. Eram meus. Ou meus e do Zeke. Que diferença fazia?

Também era uma frustração colossal porque antes era coisa nossa e ninguém mais entendia assim.

Achavam que era de todo mundo, e isso me dava vontade de afogar alguém na piscina pública ou atear fogo neles. Queria que as pessoas se importassem, que reparassem, mas não queria que pusessem as mãos nele, que tentassem reivindicá-lo. Mas como evitar uma coisa dessas? A gente só tentava fazer mais cópias para não perder o direito sobre o que havia no pôster.

Hobart disse que o prefeito, que também era o DJ matinal do WCDT e que apresentava o segmento chamado *Não estou de brincadeira, Comércio Bruto*, em que as pessoas telefonavam para trocar bens e serviços, tinha solicitado que a Guarda Nacional fosse a Coalfield para manter a ordem, mas nada de fato estava acontecendo porque a situação não era violenta, ou sua violência não era do tipo que melhoraria com a presença de rapazes de dezenove anos de roupa camuflada tentando encurralar outro rapaz de dezenove anos de camiseta da Blind Skateboards. A polícia tinha praticamente desistido. Não consigo nem imaginar quantas pessoas foram denunciadas por vandalismo nos primeiros dias, mas acabou que a quantidade de esforço necessário para lidar com a situação desarmou nossa pequena força policial. Meus irmãos me contaram que alguns policiais estavam obrigando as pessoas a lhes darem cinquenta dólares para não serem detidas e deviam ter arrecadado pelo menos alguns milhares de dólares assim. Todos os restaurantes ficavam cheios. Jovens vendiam Kool-Aid em copos de papel e bolinhos Little Debbie em carroças que empurravam de um lado para o outro das calçadas. A Action Graphix, que vendia basicamente troféus para a Liga Infantil e letreiros para novos negócios, tinha feito um bando de camisetas com nosso pôster e as vendiam em uma minivan branca que circulava pela cidade. As pessoas estavam ganhando dinheiro. Não eu e Zeke, mas os outros. Era, eu acho, bom para Coalfield, mas os moradores daqui, que nunca tinham ido embora e não tinham a intenção de ir, começavam a se sentir acuados, com medo de sair de casa. Tantas pessoas de Coalfield tinham armas, facas, umas merdas de uns arcos e flechas. Gostavam de exibi-los mesmo quando não havia nada em jogo. Parecia inevitável que alguém se ferisse de maneira espetacular, e eu sentia esse peso, mas não tinha como evitar algo. Se confessasse o que tínhamos feito, o que mudaria? Alguém acreditaria em nós?

Meus irmãos ficaram estranhamente imunes ao pânico. E, a bem da verdade, meus irmãos viviam pelo caos, por qualquer coisa que lhes permitisse quebrar ou retorcer ou alargar o mundo ao redor. Estavam só entediados, ou talvez fosse mais uma perplexidade com o pôster, que fazia suas cabeças doerem. Tentavam transar com as universitárias que apareciam, e acho provável que tenham conseguido. Fumavam maconha e bebiam garrafões de uísque George Dickel enquanto acompanhavam os acontecimentos de longe. Pareciam nem sequer lembrar que haviam roubado uma copiadora um ano antes, não tinham qualquer vontade de participar. Tudo escapava à compreensão deles. E não sei nem dizer o quanto isso agradava minha mãe. Podia estar acontecendo o que fosse em Coalfield, mas a família dela não era a responsável. Os trigêmeos não tinham feito nada, e ela desafiava as autoridades a tentar acusá-los. É claro, ela sabia que eu era esquisita, e sabia que eu e Zeke vivíamos no carro quando não estávamos escondidos em meu quarto, mas minha impressão era de que ela nem cogitava que eu tivesse feito aquilo. Achava que eu estava transando. Achava que eu estava *apaixonada*. Sob qualquer outra circunstância, eu ficaria irritadíssima, mas como as pessoas da porra do Rotary Club andavam destruindo vans pretas com tacos de beisebol para atingir os devotos de Satã que estavam dentro do carro, sentia certo alívio por não ser nem suspeita.

A mãe de Zeke, por outro lado, havia se entrincheirado no quarto de infância dela, deixando Zeke assistir de manhã a *The Price Is Right* com a avó, que superestimava loucamente o preço de tudo, e então, depois de passar o dia inteiro comigo, ele assistia a episódios gravados do programa predileto da avó, *American Gladiators*, ambos constrangidos e maravilhados com o físico dos gladiadores.

— O Turbo lembra um pouco o seu avô quando era rapaz — comentou ela uma vez. — Mas é claro que naquela época ninguém usava roupas que nem a dos gladiadores.

Havia na nossa relação a regra tácita de que eu jamais fosse à casa da avó dele. Acho que era porque Zeke tinha um pouco de vergonha do sofrimento catatônico da mãe e da passividade desatenta da avó, e preferia a natureza desorganizada, bagunçada de minha família, em que a pessoa podia ser esquisita sem que ninguém a fizesse se sentir mal por isso, ou pelo menos sem que insistissem muito nessa questão. Ele sempre ficava de olho esbugalhado perto de meus irmãos e minha mãe, como se não soubesse que famílias poderiam ser daquele jeito, e acho que ele gostava dessa proximidade. Assim, se uma turba raivosa fosse nos pegar, seria melhor ele estar ali, onde meus irmãos iriam pelo menos ferrar alguém de forma grave antes que nos arrastassem porta afora. Além do mais, a mãe e a avó dele nunca saíam de casa, e minha mãe e irmãos quase nunca estavam em casa durante o dia, fazia mais sentido nos escondermos em meu quarto para conversarmos sobre nossos sonhos secretos para o futuro.

No quarto, os dois recostados na cama, em cima das cobertas, o ventilador soprando na nossa cara um ar só um tiquinho mais fresco do que o lá de fora, a impressão era de que podíamos ignorar o que estava acontecendo em Coalfield por tempo suficiente para não nos considerarmos doidos. Eu estava escrevendo uma historinha para acompanhar um desenho que Zeke tinha feito da van preta que derramava um líquido roxo lamacento pela porta lateral aberta. A história era de um cara, um Timothy McVeigh bizarro, que abarrotava vans com uma magia obscura e feitiços e as deixava em frente a canais de TV para atrapalhar as transmissões. E Zeke estava desenhando a capa do romance que eu tentava terminar, na expectativa de que a fonte profissional e a imagem de minha Nancy Drew do mal me instigassem a acabar a história.

Boa parte da minha felicidade naquele verão vinha do cheiro de Zeke, uma mistura de suor com bolinhas de naftalina, e o barulho dos lápis e canetas dele riscando de leve o papel. Havia momentos em que ele nem parecia ser exatamente de verdade, como se o corpo dele não fosse tangível, mas os cheiros e barulhos me garantiam de que estava perto, e eu acreditava muito mais neles do que na pele e nos ossos, envoltos em camisetas grandes demais e jeans rasgados de lavagem estonada. Não sei se isso é amor, precisar mais das sensações produzidas pelo corpo do que do corpo em si. Não do beijo, mas do gosto de aipo que vinha depois. Não das mãos, mas do barulho das mãos fazendo arte. Não do fato de que estaria ali apenas durante o verão, mas de que eu poderia achar lembranças dele em lugares surpreendentes pelo resto da vida.

E sim, isso é incrível, e sim, eu era uma garota muito reprimida e esquisita que nunca tinha formado uma conexão verdadeira com outro ser humano, então é provável que eu esteja sendo poética demais, pois também me lembro com nitidez de momentos em que pensei: *Eu vou morrer em Coalfield. O verão não vai acabar nunca, e eu nunca vou embora, e por mais que a gente cole pôsteres, eu nunca vou sair daqui.* E tinha horas em que pensava: *Zeke, caramba, me tira dessa merda de lugar*, mas eu tinha muito medo de que quando fosse embora, ele se esquecesse de mim. Ele só me conhecia em Coalfield. Então precisávamos ir embora, só por um segundo, pensava eu. Havia alguns pontos do nosso mapa de Coalfield que não estavam explodindo de estrelas, de constelações estranhíssimas, e agora que os outros também estavam fazendo aquilo, talvez se dirigíssemos por algumas horas em qualquer direção, achássemos um lugar imaculado, que não soubesse da beira, que estivesse tão despreparado que o transformaríamos antes que ele tivesse alguma chance de resistir.

— A gente podia ir a Memphis — sugeriu ele. — Eu podia te mostrar a cidade.

— Só eu e você? — indaguei. Era a coisa mais típica de namorados em nosso curto período juntos, embora agora eu me lembre de que fizemos um pacto de sangue bizarro e, sabe como é, fomos os responsáveis por um dos mistérios mais estranhos da cultura pop americana. Mas era tudo tão esquisito, até os beijos, tão diferente, digamos, de buquês e camisetas pintadas com os nomes das pessoas. Essa me parecia a coisa mais normal que um casal poderia fazer, passar um dia na cidade, e de certo modo era mais apavorante do que o sangue. — A gente podia espalhar pôsteres por Memphis — falei, só para levar a situação de volta a um mundo que eu compreendia.

— É, seria divertido. A gente passa pela minha escola e cola — disse Zeke, e agora eu o percebia vibrando um pouco com a possibilidade. — Podíamos ir ao zoológico! Ou comer um hambúrguer no Huey's. Quem sabe a gente não vai assistir a uma partida do Memphis Chicks? Você já foi a Graceland?

— Você quer colar pôster em Graceland? — questionei.

Imaginei que se havia um lugar no mundo em que os devotos seriam capazes de nos matar por profanarmos a inviolabilidade de um espaço sagrado, seria a mansão em que Elvis jogava raquetebol.

— Não! Bom, quem sabe? Seria maneiríssimo. O que eu estou querendo dizer é que a gente pode colar pôster, é claro, mas eu também posso só te levar para passear e a gente pode se divertir.

— Ok, é... gostei da ideia. Maneiro.

— A questão é... — disse ele, franzindo a testa.

— Sim?

— Minha mãe me mataria se soubesse que estou indo a Memphis — confessou.

— Você precisa contar para ela? — perguntei.

— Você vai contar para a sua mãe?

— Eu vou contar para minha mãe, sem sombra de dúvida — declarei, pensando que, à exceção do que tinha feito naquele verão, eu era uma ótima garota. Não queria que minha mãe se preocupasse comigo. Ela já tinha se ferrado, então por que piorar a situação?

— Bom, eu acho que não vou contar para a minha, e contanto que a gente não morra a caminho de Memphis, vai dar tudo certo.

— Quantos pôsteres a gente leva? — indaguei.

— Cinquenta? — sugeriu ele, mas dava para ver que estava pensando no hambúrguer do Huye's ou sei lá como se chamava o lugar. Queria mostrar o quanto Memphis era maneira, e não levar o que tínhamos criado em Coalfield para a cidade. Mas você acha que eu dei importância?

— Vamos levar cem — retruquei. — Só para garantir.

NAQUELA NOITE, DEPOIS QUE OS MENINOS SAÍRAM PARA EN-contrar os amigos, conversei com minha mãe. Eu tinha feito brownies com uma mistura pronta, pois sabia que ela adorava doces, e estávamos assistindo ao Jackson Browne no *VH1 Storytellers*, um cantor que ela amava. Ela havia gravado o programa no começo do verão e assistia no fim do dia tomando uma cerveja. Logo depois de "Doctor My Eyes", sua música preferida, perguntei se poderia ir a Memphis com Zeke.

— O quê? — perguntou ela, ainda cantarolando a última canção, mas em seguida prestou atenção. Percebi que estava meio irritada porque eu havia estragado o momento de paz dela após um longo dia. Ela pôs a lata de cerveja na mesinha de centro e se virou de frente para mim. — Memphis? — repetiu.

— É, não é tão longe assim. O Zeke quer me mostrar a cidade. Tipo o zoológico, sabe? Eles têm zoológico. E... Graceland?

— Você quer passar o dia dirigindo para conhecer Graceland? — perguntou ela.

— Bom, não exatamente Graceland. Não um lugar específico. Talvez a gente assista a uma partida do Memphis Chicks.

— Eu nunca ouvi você dizer que curte qualquer uma dessas coisas que mencionou — comentou ela. — Querida, eu já fui a Graceland. É menor do que parece, sabe? É bem espalhafatoso, mas não vale a pena viajar para tão longe só para ver. Digo... não era nenhum Jackson Browne.

— Está bem, mãe, não é isso que a gente vai fazer. A questão é só dar uma viajada. A gente não tirou férias de verão de verdade, não foi à praia nem à Disney...

— Agora você quer ir à Disney? Querida, você iria detestar, é uma multidão de gente. Sabia que seu pai me levou lá na lua de mel? Na lua de mel? No Magic Kingdom? Deus do céu, eu devia ter imaginado.

Eu me dei conta de que talvez a cerveja quase vazia na mesinha de centro não fosse a primeira. Ela já havia mencionado a lua de mel na Disney dezenas de vezes desde que meu pai nos abandonara.

— O que importa não é o que a gente vai fazer — expliquei. — Eu só queria passar um dia longe de Coalfield e me divertir com o Zeke. Ele quer que eu conheça o lugar onde ele morava.

— Ah, querida — disse ela, sorrindo. — Que fofura, isso tudo. Mas é muito longe. Por que vocês não vão a Chattanooga visitar o aquário? Você adora os peixes de lá.

— Mãe, o Zeke quer que eu vá com ele. Ele está empolgado. O pai destruiu a vida dele, entende?

Seria óbvio demais falar dos homens que tinham estragado as coisas para todo mundo, de todas as pessoas boas que ficaram para trás?

— Você gosta dele, né? — indagou ela. — Do Zeke?

— Assim, ele é meu amigo — gaguejei.

— Está bem — disse ela, tocando meu rosto, como se lembrasse de alguma coisa, mas eu não sabia se era parte da lembrança. — Você está crescendo tão rápido.

— Não estou achando tão rápido assim — respondi.

— É devagar e rápido ao mesmo tempo — explicou ela.

Estava tão linda, minha mãe. Eu não era como ela, não tinha os genes necessários para ser tão linda, mas sabia que eu havia vindo dela. Isso me deixava muito feliz. Talvez naquele momento eu pudesse ter falado para ela que tinha feito o pôster, mas para que estragar tudo?

— Você tem que me ligar de tempos em tempos. Procure um telefone público e avise que está bem.

— Posso ir? — perguntei.

— Claro que pode — disse ela. Eu a abracei, e ela riu. — Pronto, agora me deixa comer brownie e ouvir meu amado cantar.

A canção seguinte era "Rosie", e fiquei escutando Jackson Browne explicar à plateia que era sobre um cara que ele conhecia, o engenheiro de som, e que uma garota de collant verde tinha ficado ao lado dele durante o show e depois o trocara pelo baterista. Fiquei triste. Acabou que o cara se embebedou e tentou abordar o baterista, e logo antes de terminar a história e Jackson Browne começar a música, ele disse que a garota tinha dezesseis anos.

— Dezesseis?! — exclamei. — Caramba, mãe.

— Não estraga as coisas — pediu ela, gesticulando para mim.

E então escutei a canção, que era lindíssima, tristíssima. E me dei conta. Já tinha escutado a música inúmeras vezes, mas quem presta atenção em Jackson Browne? Que adolescente dos anos 1990 lê as informações sobre a gravação de um álbum de Jackson Browne? Quando ele canta que "esta noite somos de novo você e eu, Rosie", me dei conta de que falava de masturbação.

— Mãe? — falei, assim que a canção terminou. — Ele está...?

— Está o quê? — perguntou, agitando a lata, se certificando de que ainda restava um pouco de cerveja.

— Ele está falando, sabe, de tocar uma?

— Quê? Rá, meu Deus. A sua cabeça. Não, querida, eu acho que não. Assim, isso aí é *Storytellers*, né? Ele teria mencionado. Era a oportunidade que ele tinha.

— Eu acho que está, sim — declarei.

— Não está. Não para mim.

— E a garota tinha dezesseis anos. A do collant. Horripilante.

— Bom, foi na década de 1970.

— Não era horripilante na época?

— Bom... não, era sim. Querida, eu amo essa música. Estou deixando você ir a Memphis. Não faça com que eu me arrependa.

— Ok, ok, desculpa — falei.

— A questão é a seguinte, meu amor. Quando você ama uma coisa, não pode pensar muito em como ela foi criada nem nas circunstâncias em torno dela. Você tem que, sei lá, amar a coisa do jeito que ela é. E aí ela existe só para você, entende?

— Que filosófico — comentei.

Não sei por que falava isso o tempo inteiro, que as coisas um pouco confusas eram *filosóficas*. Também gostaria de dizer que, seja na faculdade ou na pós-graduação, nunca tive uma aula de filosofia. Mas ainda digo isso às vezes, quando fico aflita com algo que não entendo.

— Bom, sua mãe é muito inteligente — falou ela, sorrindo. — Agora faz o favor de fechar o bico. A próxima música é sobre um cara que ele conhecia que foi morto quando tentava roubar um lugar, e eu juro por Deus que se você tentar estragar essa...

— Está bem — falei. Dei um beijo nela. — Obrigada, mãe.

— Por nada, meu amor — disse ela antes de deixar a cabeça relaxar diante de algo que a deixaria feliz.

ASSIM, PARTIMOS RUMO A MEMPHIS NO DIA SEGUINTE, SÓ EU e Zeke, o carro carregado de Mountain Dew, batatinhas Golden Flake e três caixas de Sugar Babies. Zeke pôs para tocar uma fita cassete do Three 6 Mafia porque o grupo era de Memphis, e, sendo sincera, quando ouvi aqueles pianos de filme de terror, comentei:

— Ah, parece o nosso pôster.

E havia um monte de imagens bizarras e coisas de culto ao demônio, e eu nem sabia que o pessoal do rap ligava para esses assuntos, mas logo depois eles começaram a falar coisas explícitas sobre o corpo feminino e tanto Zeke como eu ficamos vermelhos que nem pimentões, e eu pus Guided by Voices para tocar, e escutamos a voz de Robert Pollard. E eu pensei, *Isso, isso, isso, isso, isso*. Quando se é adolescente, é fácil pensarmos que outra pessoa realmente sabe quem somos, embora fiquemos o tempo todo pensando que ninguém nos entende. É uma sensação incrível.

A PARTE DO MEIO DO TENNESSEE É MUITO PLANA, E APENAS dirigimos sem parar, o azul do céu estava uma perfeição, e realmente foi ótimo deixar para trás o lugar que eu conhecia a vida inteira, mesmo que por poucas horas. E nas nossas mochilas, a beira estava presente, naquele papel amarelado, e aquele tempo que passamos no carro, entre um lugar e outro, em mero trânsito, me alegrou. Zeke me contou de uma de suas professoras, uma mulher na faixa dos sessenta anos que tinha uma escultura no Museu de Arte Moderna de Nova York, que se acomodava em uma cadeira reclinável e quase nunca se mexia e chamava os alunos um a um para que lhe mostrassem as obras dela. Ela as olhava contra a luz, semicerrava os olhos, e dizia: "Quase" ou "Não exatamente" ou "Muito bom", e mandava o aluno voltar para a carteira. Disse que era tenebroso em termos de passar conhecimento, como técnicas de verdade ou instruções, mas que adorava a ideia de poder se empenhar para fazer alguma coisa, dar tudo de si, e ela ser como uma Bola 8 Mágica, e a pessoa ficar só esperando para saber qual seria seu destino.

E então chegamos a Memphis. Era uma cidade cheia de buracos e meio decrépita, com montes de lixo, mas Zeke estava muito feliz. Fomos direto comer um hambúrguer do Huey's, e estava uma delícia, mas ficou ainda melhor porque Zeke ficava "Hmmm... Nossa, que saudade do Huey's", como se estivesse voltando de uma guerra ou algo assim. Havia uma parede branca repleta de grafites, de desenhos a canetinha preta, em que se lia recados como "Karen & Jim estiveram aqui em 07/06/96" e "Memphis, baby!". Tirei um pôster da mochila, mas preferi pegar uma canetinha e escrever a frase inteira, e depois Zeke fez um esboço das mãos. Ele titubeou e depois escreveu "Zeke e Frankie", e me olhou, sorridente.

— Eles vivem pintando a parede para recomeçar do zero. Vão tirar logo. — falei, tocando a parede e acompanhando o traçado dos nossos nomes.

Passeamos pelo zoológico olhando os elefantes e macacos, mas os animais pareciam atônitos e drogados. Compramos Dippin' Dots, um sorvete bizarro da era espacial congelado com nitrogênio líquido, nos sentamos em um banco da Área dos Felinos e ficamos observando os tigres caminharem, se alongarem e olharem para o nada. As listras pareciam líquidas quando passávamos um tempão olhando para elas, uma espécie de pôster do Olho Mágico, e pensei no que aconteceria se eu entrasse no cercado deles, se tentasse encostar neles. Pensei no tigre me arrastando pelo braço de um lado para o outro, sangue para todos os lados, e deixei os pontinhos de sorvete se dissolverem em minha língua.

E então peguei um pôster e o dobrei em forma de triângulo. Zeke fez a mesma coisa. Ficamos sentados no banco e fizemos origami de uns vinte pôsteres. E na saída do zoológico os espalhamos por todos os cantos, pequenas minas terrestres que não machucariam ninguém, uma explosão suficiente apenas para nos satisfazer.

PERGUNTEI AO ZEKE SE PODÍAMOS COLAR MAIS PÔSTERES, E ele nos levou ao Overton Park, e cruzamos o gramado até chegarmos ao Overton Park Shell, um anfiteatro enorme que estava meio decadente, mas ainda era lindo, digno do que os filmes dos anos 1940 diziam que o futuro seria. Colamos vinte pôsteres o mais rápido possível, mas a estrutura do anfiteatro era tão grande que meio que engolia as imagens, as palavras. Queria ter levado milhares de pôsteres. Acho que Zeke percebeu minha decepção.

— Funciona melhor em Coalfield — disse ele —, porque é uma cidade pequenininha.

E ele tinha razão, mas fiquei triste. Pensei em Elvis Presley naquele palco, cantando as palavras que eu tinha escrito, ouvindo o sotaque sulista dele carregado na palavra "fome", e soava tão bem na cabeça, eu quase conseguia ouvir. Mas passou. E era apenas eu e Zeke, o parque amplo, o sol queimando a pele.

— A gente devia voltar para Coalfield — falei, e por um instante ele pareceu frustrado, mas em seguida fez que sim.

Ele tocou em minha mão e disse:

— Obrigado por ter vindo comigo.

Eu assenti, constrangida. Dei um beijo nele e ele retribuiu.

— Você pode vir me visitar sempre quando eu me mudar de volta para cá — sugeriu. — Agora você já sabe o caminho.

Odiei que estivesse falando de uma época em que já tivesse me deixado, em que o verão já tivesse acabado. O verão terminaria, é claro, mas por que ele não fingia que não? Por que todo mundo queria que as coisas seguissem em frente, e por que eu queria ser congelada em um bloco de gelo?

— Bom, não sei onde você mora — falei.

— Você quer ir ver? — perguntou ele.

— É... acho que quero — respondi.

— Não fica muito longe daqui. Vamos — chamou ele, e voltamos para o carro.

Fomos a uma área chamada Central Gardens, que era muito rica e onde as casas eram todas antigas. Algumas pareciam castelos, com muita pedra, e constatei de imediato que, apesar de já saber que Zeke era rico, eu ainda não tinha contextualizado o que isso significava. De repente tive medo de ver a casa dele, preferindo pensar nele no sofá da avó, um tipo de vivência que eu pelo menos era capaz de entender.

— Aqui — disse ele, e parei em frente à casa que, graças a Deus, era um pouco mais modesta do que as outras em volta. Estava mais para um chalé, mas ainda parecia caríssima, aquela casa imaculada de dois andares com pilastras de pedra sustentando o telhado do alpendre. A porta era de uma madeira que parecia ter uns cem anos. O quintal era muito bem cuidado, sem nem uma bicicleta ou uma cadeira bamba no gramado. Havia um balanço no alpendre.

— Era aqui que você morava? — perguntei, e ele fez que sim.

— Eu moro aqui — declarou ele, e seu olhar perdeu o brilho.

— É linda — elogiei, tão envergonhada por ele ter passado aquele tempo todo em minha cama, cujas cobertas tinham sido compradas em uma venda de garagem.

— Não mudou nada — comentou ele, mais para si mesmo, como se pensasse que, sem a presença da mãe e dele, a casa fosse desmoronar feito um Transformer ou passar por algo que explicasse a ausência dos dois.

— É uma casa lindíssima, Zeke — falei, como se quisesse muito que ele dissesse: "*É uma casa lindíssima, e eu sou rico. Mas prefiro ficar com você*", mas ele só olhava fixo para ela.

Eram três da tarde, o sol enfim começava a se abrandar, tornando nossa respiração um pouco mais confortável. Meu ar-condicionado não era grande coisa, e forçávamos o carro, mas continuamos parados na frente da casa dele.

— Me dá um pôster — pediu.

Ele estava mais perto da mochila, mas como eu não queria deixar a situação esquisita, me contorci e peguei um. Ele o dobrou ao meio, desceu do carro e foi até a caixa de correspondência, onde enfiou o pôster. Voltou e se sentou no carro, as pernas um pouco trêmulas.

— Quer ir embora? — perguntei.

— Me dá outro.

Obedeci, e ele disse:

— Vem comigo? Por favor? — E descemos do carro. Peguei a fita crepe e fomos até o alpendre. Ele segurou um pôster contra a porta e eu rasguei duas tiras de fita, então afixamos o pôster à porta da casa dele. Demos um passo para trás para olhar, e ele disse: — Dá para imaginar o meu pai quando ele der de cara com isso? — Eu nem sabia que cara o pai dele tinha. Mas fiz que sim.

— Seca de fome atrás de nós — recitei, e nesse exato momento a porta se abriu e uma mulher nos encarava. Estava de roupão azul-bebê e não era muito mais velha do que nós.

— Que porra é essa que você está fazendo? — berrou ela, mas se enrijeceu no instante em que viu Zeke. — Meu Deus! — exclamou.

Eu expliquei:

— A gente... está arrecadando dinheiro para os órfãos. Somos órfãos. — Mas ela já estava correndo de volta para dentro da casa.

— Zeke? — chamei.

— É melhor a gente ir embora — disse ele, mas hesitou, pensando em pegar o pôster de volta, e então um homem apareceu usando apenas samba-canção e camiseta.

— Filho? — chamou o homem.

A mulher espiava de outro cômodo.

— Pai? — disse Zeke.

— O que você está fazendo aqui? — questionou o homem. — Por que você não ligou? — O olhar dele ficou meio desvairado, e ele disse: — A sua mãe está aí? Foi ela que te mandou aqui?

— Sou só eu — afirmou Zeke. — E... essa é a minha amiga.

— Oi — cumprimentei.

— O que você veio fazer aqui? — indagou o pai dele, se enfurecendo porque já não estava apavorado com a ideia de que a esposa estivesse prestes a esfaqueá-lo.

— Nós fomos ao zoológico — contei.

— Quem é essa? — perguntou o pai.

— Eu já te falei — declarou Zeke, começando a gaguejar.

— O que é isso? — questionou.

O cara só sabia fazer perguntas. Não falou nada sobre ter saudades do filho, não pediu desculpas, não deu explicações para o fato de estar em casa com uma moça que poderia ser a filha dele no meio da tarde de um dia útil. Ele pegou o pôster e o examinou.

— Isso aqui... isso aqui é o que andam falando nos noticiários. Está em tudo quanto é canto.

— É tipo... grafite — sugeriu Zeke.

Os olhos do pai se arregalaram, e ele fitou Zeke. Olhava para o pôster e para o filho.

— Foi você que desenhou isso — afirmou ele. Não era uma pergunta. Havia passado às frases declarativas. — Foi você.

— Nós dois — esclareci. — Eu que escrevi.

E ele disse:

— Dá licença, garota, eu estou conversando com o meu filho.

— Bom, beleza, mas...

— Filho, isso é muito ruim. É... é péssimo. Você vai estragar sua vida.

— Quem é essa mulher? — indagou Zeke de repente. — Porque não é nem uma das mulheres de que a minha mãe me falou. Ela está morando aqui?

— O fato de você estar tentando desviar o assunto para mim — disse o pai — para não assumir a culpa por... esse troço. Jesus do céu. Sua mãe te deixou maluco.

— Eu te odeio — declarou Zeke.

— Entre em casa agora — mandou o pai, quase gritando. — Você quer ir para a cadeia por causa... desse pôster? Eu não acredito...

— Eu te odeio — repetiu Zeke, esfregando o rosto com as mãos, como se tentasse limpar a sujeira, como se estivesse cheio de percevejos, como se uma fogueira se acendesse dentro do cérebro dele.

— Entre em casa — ordenou o pai, os dentes trincados. — A gente tem que pensar no que nós vamos...

E de repente Zeke avançou e começou a arranhar o rosto do pai, cravando as unhas na pele, fazendo o pai urrar.

— Reuben! — berrou a moça.

— Puta merda! — bradou o pai, tentando tirar as mãos do filho do rosto, mas Zeke parecia um esquilo raivoso. Eu corri e dei o chute mais forte que consegui no pai dele, e o joelho cedeu, e ele caiu no chão. Não teve nada a ver com meu pai. Eu só queria muito machucar a pessoa que tinha machucado Zeke. — Puta merda! — berrou ele de novo.

— Estou ligando para a polícia! — anunciou a moça, mas o pai de Zeke gritou:
— Sheila, você está maluca? Não faça isso!
— Vamos — chamei Zeke, que enfim afastou as mãos do rosto do pai, que ficou com pequenos cortes irregulares espalhados pela cara, e eu via pedaços de pele grudados nas unhas de Zeke.

Voltamos correndo para o carro, e o pneu cantou quando dei partida. Nós dois estávamos quase sem fôlego, e eu dirigia a 88 quilômetros por hora em uma área residencial, mas não parei. Ultrapassei um sinal vermelho, e uma senhora que passeava com o cachorro gritou comigo, mas berrei:
— Vai se foder! — E segui em frente.

Por fim, depois de alguns quilômetros, parei no estacionamento vazio de uma loja de peças automotivas que tinha fechado as portas.
— Puta merda — disse Zeke, o corpo inteiro tenso como se esperasse algo atingi-lo. — A gente está fodido.
— Está tudo bem — falei. — Você agiu certo.
— É que... Frankie, eu estou muito triste — declarou ele, antes de começar a soluçar.
— Está tudo bem — tranquilizei Zeke. Ele estremecia, fazia uns sons estridentes ao tentar respirar. Fiquei assustada. — Vai dar tudo certo.
— A minha vida inteira — disse ele, mas por alguns segundos não disse mais nada, só soluçou. — Eu quero morrer.
— Não — respondi. — Não, se você morresse, Zeke... Se você morresse, eu me mataria. Não morre. Combinado? Não morre. Você pode continuar vivo, ok? Eu estou viva, né? Você acha que a sua vida é pior do que a minha?
— O que eu devia fazer? — perguntou ele, como se eu soubesse a resposta. Como se realmente acreditasse em mim.

— Aqui... Vem cá — falei.

Eu o puxei, e nos abraçamos, sem jeito. O rosto dele estava encharcado de lágrimas e catarro e baba e suor. Mas como ele tinha dito que queria morrer, eu o abracei. E depois ele me beijou, a boca salgada. Tinha um pouquinho de sangue na boca, talvez tivesse mordido a língua ao tentar matar o pai, e eu sentia também esse gosto. Eu queria parar, escutá-lo respirar normalmente. Se ele conseguisse acalmar a respiração, achava que ele ficaria bem, mas ele me beijava com uma força cada vez maior. Enfiava a língua em minha boca, e eu odiei no mesmo instante. Não parava de pensar: *não morre, não morre, não morre, não morre, não morre.* Mas eu estava falando comigo mesma? Ou com Zeke? Com nós dois? Era complicado fazer outra coisa que não deixar que ele me beijasse e não morresse.

E então ele começou a se inclinar para meu lado do carro, a me empurrar contra a porta. E as mãos dele começaram a tocar meu corpo, e ninguém nunca tinha tocado meu corpo. E eu queria que continuasse assim até o limite do possível. Gostava muito de Zeke. Mas não queria que ele enfiasse as mãos em minha calça em um estacionamento vazio de Memphis logo depois de gritar com o pai porque ele estava transando com uma moça no meio da tarde. Talvez não exista um momento certo para alguém botar a mão debaixo de sua blusa, ou talvez não existisse para mim, mas aquele era um péssimo momento.

— Zeke, por favor — falei, mas ele continuou me beijando com força, tentando tirar minha calça, e tive dificuldade de respirar.

— Eu gosto tanto de você, Frankie. Eu gosto tanto de você — E comecei a me retrair, a me aquietar, e ele prosseguiu: — Você quer? A gente pode?

E foi como se eu afundasse sob a superfície de um lago, não saísse de meu corpo, mas mergulhasse ainda mais nele, e em seguida eu apenas... não sei o que fiz. Mas ocupei meu corpo outra vez, minha pele se contraindo em torno do que me tornava um ser humano, e afastei Zeke de mim.

— Zeke — falei —, por favor, não. Ok? Por favor, para com isso. — E ele pareceu voltar a ser o menino esquisito que eu tinha conhecido na piscina.

— Desculpa — disse ele, e voltou a chorar, o que achei insuportável. Podia chorar por outras coisas, mas não por aquilo.

— Zeke! Por favor. Ok? Está tudo bem. Você não fez nada. Não me machucou. Você parou, ok? Está tudo bem entre nós. Você não fez nada.

— Me desculpa — pediu ele, mas, tipo, quem se importava com isso?

Tinha acontecido e não tinha acontecido de verdade, mas agora eu sentia que estava a salvo. Achava que talvez tudo pudesse voltar a ser como antes. Não sabia mais o que dizer ou fazer.

— A beira é uma favela cheia de gente procurando ouro — recitei, e Zeke disse:

— Ai, Frankie, me desculpe.

— Cala a boca. A beira? A beira? É uma favela, ok? Cala a boca um segundo e respira. A beira é uma favela cheia de gente procurando ouro. Somos fugitivos, e a justiça está seca de fome atrás de nós.

— Ok — disse ele —, ok.

— Somos fugitivos, Zeke. Somos fugitivos. Somos fugitivos. Somos fugitivos, e a justiça está seca de fome atrás de nós.

— Está bem — replicou, em uma espécie de sujeição. — Está bem, Frankie.

— Não, deixa eu repetir. A beira é uma favela cheia de gente procurando ouro — prossegui.

Repeti dez vezes. Vinte vezes? Não me lembro. Não sabia quanto tempo fazia que estávamos ali. Precisaria ligar para minha mãe em breve, achar um telefone público e avisar que estava indo para casa. Estava voltando para Coalfield, e nada havia mudado. Contanto que continuasse repetindo a frase, nada mudaria. Zeke não iria embora. Ele não me machucaria. Não faria mal a ele mesmo. Eu repeti. E repeti. Zeke tinha parado de chorar. Eu continuava repetindo, e ele enfim ergueu os olhos para mim, fez contato visual. Eu continuava repetindo. Inúmeras vezes, até ele entender. Até ele entender que eu nunca pararia de repetir. Enquanto estivéssemos vivos, eu jamais conseguiria parar de repetir. E viveríamos para sempre. Portanto continuaria para sempre. Jamais pararia.

Eu disse outra vez. E outra vez. A beira é uma favela cheia de gente procurando ouro. Somos fugitivos, e a justiça está seca de fome atrás de nós. Estou dizendo isso neste exato momento. Nunca parei de repetir.

Onze

DE QUE OUTRA FORMA PODERIA TER ACABADO? DEIXEI ZEKE em casa e ele nem se despediu. E quando cheguei em casa, meus irmãos estavam na sala e minha mãe estava ao telefone, andando em círculos, perguntando:

— Você está muito ferido?

— O que... o que está acontecendo? — indaguei.

— Você não viu quando estava vindo para casa?

Como neguei, Brian me contou que o Bonde do Pôster havia acuado um grupo de cinco ou seis adolescentes de nossa escola que estavam colando pôsteres. Os meninos tinham pintado o rosto feito Brandon Lee em *O corvo*, e quando todos os velhos bêbados de colete de caçador laranja os ameaçaram, Casey Ratchet jogou uma garrafa que derrubou o sr. Ferris, dono da loja de acessórios para piscinas que ficava na estrada. E outro homem, ainda não se sabia quem, atirou no peito de Casey à queima-roupa. E Casey morreu.

— Como é que é?! — exclamei, atônita.

— Porra, o Casey Ratchet morreu, Frankie — disse Charlie.
— O Hobart está no telefone com a mamãe porque está um caos lá pelos lados do shopping. Foi tudo no estacionamento ao lado do Diamond Connection. Ele estava lá entrevistando o Bonde do Pôster. Acho que ele foi pisoteado por alguém e está com a perna quebrada ou coisa assim.
— O Casey Ratchet? — repeti.
Casey devia ter 1,60 metro de altura, mas já tinha aparecido na *Thrasher Magazine* e era um skatista patrocinado. Tinha passado as férias de primavera na Califórnia, gravando um vídeo de skate. Fora suspenso no primeiro ano por pintar o cabelo de rosa e já tinha sido intimado muitas vezes pela polícia por andar de skate em propriedades privadas. Nunca havia me dirigido nem uma palavra, mas eu sempre o achara um cara maneiro, destinado a sair de Coalfield e fazer coisas interessantes. E estava morto.
— Se você me dissesse que foi o Casey Ratchet quem fez o pôster — declarou Andrew —, eu acreditaria. Faria sentido. Lembra que ele tinha uma camiseta do Suicidal Tendencies?
— Você acha que foi o Casey que fez o pôster? — indaguei.
— O que eu quero dizer é que eu acreditaria se descobrissem que foi ele — esclareceu Andrew.
— Não sei se alguém criou de verdade — sugeriu Brian.
— Eu acho que foi a CIA que começou, em uma espécie de experimento de controle mental. Para ver o que aconteceria. Por isso que eu nunca mexi com essa porra, porque não queria que um esquadrão da morte secreto do governo sumisse comigo.
— Ainda acho que é a letra de uma música — disse Charlie.
— Tenho certeza de que já ouvi ela antes. — Então ele meio que deu um grito fajuto de heavy metal. — A BEEEEIRAA é uma favela... — entoou, soando como Axl Rose.

Minha mãe desligou o telefone e veio correndo falar comigo.
— Está tudo bem contigo? — perguntou ela. Fiz que sim.
— O Hobart quebrou a perna, Deus do céu. Preciso pegá-lo no pronto-socorro e levá-lo para casa. — Ela olhou para os trigêmeos. — Não saiam de casa — disse para eles. — Protejam a Frankie, combinado?

— Mãe — retruquei —, eu não preciso que eles me protejam.

— Volto em poucas horas — afirmou ela.

Os trigêmeos foram jogar basquete no quintal e eu fiquei na sala, a casa agora vazia. Queria contar a Zeke o que tinha acontecido. Tinha a impressão de que, se ficasse sabendo por outra pessoa e não por mim, ele perderia a cabeça. Eu continuava segurando minha mochila. Abri e vi que ainda restavam quatro pôsteres meio amassados. Saí pela porta da frente e não parei. Levei uns vinte minutos para cruzar os quatro quarteirões, mas vi a luz acesa no quarto dele. Fui até a janela, agachada entre os arbustos. Eu me dei conta de que seria muito fácil levar um tiro ou ser denunciada à polícia. Bati na vidraça, apoiada na ponta dos pés. E vi o rosto de Zeke pelo vidro, mas ele não me via devido à claridade. Apenas olhava fixo para a escuridão, os olhos desfocados. Nunca o tinha visto tão triste.

— Sou eu — disse, mas ele não abriu a janela. Ficou ali mais alguns segundos e depois foi embora.

Bati de novo, mas ele nem voltou. Peguei um dos pôsteres da mochila e o dobrei algumas vezes, fiz uma quadradinho, e o enfiei pela fresta entre a janela e o caixilho, empurrando-o o máximo que conseguia, na esperança de que ele visse. Aguardei cinco minutos, bati mais duas vezes. Nada. Como não queria estar fora de casa quando minha mãe chegasse, acabei desistindo. Ainda tinha três pôsteres, e a sensação ridícula de que era Deus, de que ninguém no mundo sabia o que eu sabia, nem mesmo Zeke. Escolhi três caixas de correspondência e enfiei pôsteres dentro delas, levantando a bandeirinha vermelha de todas.

    Já em casa, me encolhi na cama e só acordei pouco antes do meio-dia. A casa inteira já estava vazia, e eu não fazia ideia do que mais tinha acontecido na noite anterior. Não saí de casa. Esperei e esperei e esperei que Zeke aparecesse, como sempre, mas ele não veio. Fui à garagem e passei o resto da tarde fazendo mais cópias do pôster na fotocopiadora. Quase nunca usava o original, tinha medo de danificá-lo. Mas nesse dia o usei para fazer a primeira cópia, e depois fiquei olhando para ela, procurando alguma coisa que pudesse ter passado despercebida; tentei contar todas as gotas de sangue, tentei identificar quais pingos eram meus e quais eram de Zeke. Sabia que o mundo corria lá fora, que coisas estavam acontecendo, que forças grandiosas tinham que lidar com aquilo que eu tinha iniciado, mas me parecia tão desvinculado da realidade.

    Quando acabei de fazer as cópias, pus a mão no vidro e fiz uma cópia da palma da mão. Olhei as linhas, queria saber lê-las. Queria saber qual era meu futuro, pois naquele momento não conseguia imaginar um futuro. Não conseguia imaginar como poderia guardar aquele segredo pelo resto da vida. Mas sabia que o guardaria. E mesmo então, aos dezesseis anos, eu sabia que odiaria todo mundo na vida que me amasse, que cuidasse de mim, que me ajudasse a achar um caminho rumo à vida que eu tivesse, porque jamais poderia lhes contar quem eu era, o que eu tinha feito.

MAZZY BROWER

MAZZY TORNOU A LIGAR ALGUNS DIAS DEPOIS, E EU ATENDI.
— Ok — falei.
— Ok?
— Eu converso com você. Eu te conto.
— Uau... Bom, obrigada, Frankie. Vai ser bom, eu juro. Vou fazer tudo de um jeito que honre a sua história.
— Ok — respondi. — Preciso desligar.
— Espera... por que você disse sim?
— Não sei, para ser sincera — declarei. — Acima de tudo, porque estou cansada. Ando meio doida desde que você me ligou. E imaginei que as coisas só iriam piorar cada vez mais. Talvez eu queira falar disso em voz alta e provar que não inventei tudo. Sei lá. Mas acho que é por aí.
— Quando é que eu posso... — começou a perguntar, mas desliguei o telefone.
Estava tão perto do fim. Não o fim da história, é claro, pois ela continuaria, em círculos, para sempre. Mas estava chegando

perto do fim do segredo. Queria ir para a cama, mas eram dez da manhã. Tinha louça para lavar, um livro que eu não estava escrevendo, tampas de caixas que precisava cortar para a escola de Junie. Mas fui para a cama. Voltei para a cama e tratei de sonhar com aquele verão.

Doze

ÀS QUATRO DA TARDE EU JÁ NÃO AGUENTAVA MAIS, E PEGUEI o carro para ir à casa da avó de Zeke. Tinha enchido a mochila de pôsteres, como se eu não funcionasse sem tê-los por perto. Bati à porta, mas ninguém atendeu. Bati e bati, chamando Zeke aos berros, e depois dei a volta na casa e subi os degraus do alpendre dos fundos. Espiando pelo vidro da porta, eu o vi agachado no corredor.

— Zeke! — chamei. — Vamos conversar?

Ele fez que não, mas eu não iria embora. Ele precisava saber que eu não iria embora.

— Zeke! Que porra é essa? — berrei, e ele enfim saiu e fechou a porta devagarinho. — Você está tentando, sei lá, se esconder de mim? — perguntei. — É por causa do que aconteceu em Memphis? No carro?

Ele ficou vermelho, um rubor intenso, e não conseguia me encarar.

— É que... eu estou indo embora. A gente está indo embora. — E os olhos dele se arregalaram por um instante, como se talvez estivesse com medo de que eu achasse que me incluía, mas eu ainda estava tentando entender o que estava acontecendo. — Eu e minha mãe... a gente vai voltar para Memphis.

— O quê? Quando?

— Agora. Quer dizer, amanhã.

— Você está indo embora?

— Meu pai ligou para a minha mãe ontem à noite — relatou Zeke. — Ele contou para ela o que está acontecendo. Falou que estou correndo o risco de estragar minha vida. Diz que eu posso ser preso. Diz que eu não conseguiria entrar em uma faculdade, e eu ia falar para ele que vou fazer faculdade de artes, mas...

— Zeke, por favor. Você está indo embora? Você vai voltar e pronto? Para o seu pai? Aquele babaca? A sua mãe vai voltar.

— Ela está com medo, Frankie. Eu estou com medo. Dá medo. A gente pode ir preso.

— A gente já sabia disso, né? A gente já sabia disso e a gente achava... achava que tudo bem.

— Eles estão preocupados comigo. Minha mãe diz que Coalfield não é um lugar seguro. Outro garoto morreu, Frankie. Assim, caramba, a situação está péssima.

— Não vai — pedi.

— Tenho que ir — respondeu ele.

— Por favor, não vai — falei, segurando o braço dele.

— Frankie, eu não tenho alternativa, está bem? — retrucou ele, e sua voz falhou bastante, como se a puberdade tivesse chegado naquele exato instante. — Tenho que voltar para casa.

— Por favor, fica — pedi. — Fica com a sua avó.

— Nossa, não, eu não posso — disse ele. — A situação está ruim, Frankie. Era boa quando éramos só você e eu. Era a melhor coisa do mundo. Mas agora está ruim. A gente fez uma coisa horrível.

— Não é verdade e nem você acredita na merda que está falando — rebati, erguendo a voz. — Você está parecendo uma cartinha de desculpas idiota que se escreve para o juiz.

— O garoto morreu, Frankie. Nós somos os responsáveis pela morte dele.

— Não, não, não, não, não — respondi. Não queria reprisar nossa responsabilidade como artistas, não queria continuar explicando. Só queria estar viva, estar presente, para continuar. E precisava de Zeke. — Estou com um monte de pôsteres. Tem mais lá em casa. Vamos colar. Acho que se a gente continuar colando, a coisa vai seguir em frente, e quem sabe a situação não melhora? Quem sabe não vira outra coisa?

— Eu estou de partida — disse ele. — Mas eu te escrevo. Cartas? Eu te escrevo quando isso tudo acabar. E aí... você pode ir me visitar em Memphis.

E naquele instante eu entendi que nunca mais veria Zeke. Era o fim de algo que tinha sido muito relevante para mim, durante um período curto, mas intenso, e chegava ao fim, e eu ficaria totalmente sozinha quando o que houvesse depois enfim acontecesse.

Ele me deu as costas e abriu a porta.

— Vou contar para as pessoas que fomos nós — declarei. Abri minha mochila e lhe mostrei a montanha de pôsteres. — Vou colar nessa casa toda e na minha casa e vou contar para todo mundo que fomos nós.

Zeke gelou e depois vi seus ombros relaxarem, como se eu tivesse socado seu pescoço.

— Não vai, não — rebateu ele. Ele batia a palma das mãos nas orelhas, como se estivessem pegando fogo, ou talvez zumbindo. Estava a meu lado e segurou meu punho de repente, com uma força maior do que acho que pretendia. — Não faz isso, por favor — pediu ele, e nem sequer me olhava de verdade, como se estivesse longe dali. — Eu imploro que você não faça isso.

Tentei me desvencilhar de sua mão, mas ele apertou com mais força, como se não fosse soltar até eu jurar. A expressão em seu rosto era totalmente diferente de todas as que eu tinha visto até então. O lado esquerdo sofria espasmos, como se tivesse insetos sob a pele, e ele parecia... assustadíssimo. E me dei conta de que estava com medo de mim. Porque eu estava fazendo uma crueldade, porque eu tinha pavor de ficar sozinha. Porque me preocupava com o que faria sem Zeke por perto, quando fosse só eu e o que existia dentro de mim. Quem sabe, ponderei, não era Zeke quem me impedia de fazer coisas ruins?

Ouvi a avó dele chamar da cozinha:

— Quem está aí?

Então Zeke me empurrou para longe, como se tentasse me esconder dela.

Meus pés continuavam plantados no chão e tropecei para trás. Deixei a mochila cair e esbarrei nela, e me vi caindo na escadinha do alpendre, um braço às costas e o outro esticado em uma tentativa de me equilibrar. Ouvi um estalo, senti uma pontada de dor inacreditável, tão forte que perdi o fôlego, mas som algum saiu de minha boca. Meu rosto bateu no chão, os dentes raspando a terra, e minha boca ficou dormente na mesma hora. Ao cabo de um ou dois segundos, tentei me levantar porque estava morrendo de vergonha, mas caí. Devo ter sofrido uma concussão, devo ter apagado por um instante, e ficava tentando entender por que não conseguia me levantar, por que ficava me estatelando no gramado do quintal da casa da avó de Zeke. E então ouvi Zeke fazer um barulho. Era grave, uma espécie de gemido nauseado, como uma vaca levando uma marretada. E estava com tanto medo por Zeke. Tentei chamá-lo, mas não conseguia emitir qualquer ruído.

— Frankie — disse ele —, Deus do céu, meu Deus, Deus do céu, meu Deus. — Ele continuava falando, mas não eram palavras de verdade, só ruídos, grunhidos, roncos.

Por fim, consegui me virar de costas e me sentar, e me dei conta de que meu braço esquerdo havia se partido ao meio, estava frouxo. Não doía, não como eu esperava — acho que eu já estava além desse tipo de dor —, mas tampouco parecia fazer parte de meu corpo. Era uma coisa de que eu não precisava, mas da qual não poderia me livrar. A mochila ainda estava enrolada em um dos meus pés, a alça enganchada no tornozelo, e usei meu braço bom para me desvencilhar. Respirei fundo e me levantei. Olhei para Zeke, mas ele não veio a meu encontro. Foi pior do que o braço quebrado, ele ficar ali parado. Chorava, dava para ver, mas não se aproximava. Houve um momento em que de repente pareceu voltar para dentro do próprio corpo, perceber o que tinha feito.

— Me desculpa, Frankie — disse ele.

E tive vontade de dizer que a culpa não era dele, que tinha sido um acidente, mas talvez tudo seja acidente. Talvez nada no mundo seja intencional. Talvez tudo o que já aconteceu e vai acontecer seja um erro idiota. Então que importância tem se você pede desculpas?

Então eu disse:

— Vai se foder.

Fui para o carro mancando e, sabe-se lá como, me acomodei no banco de motorista antes de me dar conta de que não sabia onde estavam as chaves. Usei a mão boa e os dentes para abrir a mochila, mas só havia os pôsteres ali dentro. Tentei usar a mão esquerda para procurar no bolso, mas é claro que ela não se movia, e então tive que usar a mão direita para verificar o bolso esquerdo da calça jeans, e as pontadas de dor, os choques intensos que sentia sempre que movimentava o corpo, começavam a me atingir. Mas enfim consegui achar as chaves. Tinha a impressão de que havia levado quatro horas para pegá-las.

Pus a mochila no banco do carona e dei partida no carro. Olhei para a casa e Zeke me fitava da janela da sala. A avó dele estava na outra, muito confusa, franzindo a testa para mim. Não faço ideia do que ela viu, do que imaginava ter acontecido nem do que a filha tinha lhe dito sobre Zeke e dos motivos para voltarem para Memphis. E, feito uma idiota, acenei para ela. Não para Zeke. Não conseguia nem olhar para ele. Mas acenei para a avó, com quem eu nunca tinha falado na vida, e ela acenou de volta. E fui embora.

Foi um trajeto curto, mas eu chorava e arfava, e a dor àquela altura era tão intensa que eu sentia que vomitaria a qualquer momento. Pensei que talvez fosse bom ir ao pronto-socorro. Minha mãe ainda demoraria pelo menos uma hora para voltar para casa. Tudo acontecia em frações de segundo. Meu cérebro falhava, o tempo havia parado, e eu olhava para o futuro e o passado ao mesmo tempo. Imaginava o que diria. Eu diria o quê, que tinha caído? E por que não poderia falar isso? Poderia dizer: "Caí da escada em casa, não na casa de outra pessoa, entende, e foi assim que quebrei o braço". Mas por alguma razão, porque meu cérebro estava se desligando para que eu não percebesse o quanto meu corpo estava ferrado, achei que precisaria contar às pessoas que Zeke havia me empurrado. Tinha um hematoma no punho, no lugar onde ele me segurara. Achei que ele fosse se encrencar. E o que mais eu poderia fazer? Também sentia que minha vida estava acabando, como se a melhor parte dela desaparecesse para sempre, e talvez tenha me questionado se valia a pena continuar viva. Estava curiosa a respeito de como fazer algo terminar. Estava dentro do carro, e estava bem perto de casa. Não restava muito tempo.

Havia um feixe de luz, uma única possibilidade, e eu só podia segui-la, entrar nela. E então, a poucos metros de casa, pisei fundo no acelerador do carro, o motor girando tão rápido que gritava, e enfiei o carro na maior árvore que vi, no quintal do nosso vizinho. Bati nela, um barulho espetacular da estrutura de metal cedendo por completo, e embora estivesse de cinto de segurança, que, de verdade, nem me lembro de ter afivelado, minha testa bateu no volante e o mundo escureceu de verdade, a escuridão mais perfeita que já vi.

Quando despertei, ouvi o motor fazer barulhos tão atípicos, um monte de vapor ou fumaça ou sei lá o quê, talvez a alma dele, vazando do carro. O interior estava lotado de pôsteres que tinham voado da mochila com o impacto, e eu estava com visão dupla, e olhava fixo para aquilo que Zeke e eu tínhamos feito, mas não lembrava que tínhamos feito. Naqueles poucos segundos, eu não sabia de nada. Não tinha nem certeza se ainda estava viva. E então me voltou, o verão inteiro, cada detalhe. E pensei: *Acho que vou morrer agora.*

— Moça? — alguém disse. A formalidade era chocante, esquisitíssima, como se o *maître* do restaurante mais requintado do mundo me cumprimentasse.

— Sim? — respondi, sem saber muito bem o que estava acontecendo.

— Vou te ajudar, ok? — disse a voz. — Já chamei a ambulância, já vai chegar. Você está fora de perigo. É só ficar acordada. Fala comigo.

Por fim, vi o homem, e era nosso vizinho, o sr. Avery. Usava o *haori*, e estava lindo, o cabelo tão bonito e loiro.

— Ah, sr. Avery — falei. — Desculpa pela árvore.

— A árvore não é minha — disse ele. — Não tem importância. Só estou aliviado de você não ter morrido.

— A culpa é minha — declarei.

— Ninguém tem culpa — afirmou ele, e sorriu, então esticou a mão para tocar meu rosto, que sangrava. Com delicadeza, passava a pontinha do dedo indicador em minha têmpora esquerda, e ainda hoje digo que foi a sensação mais reconfortante que senti na vida, aquele leve ponto de contato, um toque muito suave, me lembrando de que eu não estava morta.

E então o sr. Avery olhou para dentro do carro e viu os pôsteres. E olhou para mim, e devia haver algo em meu olhar, pois ele entendeu no mesmo instante. Ele soube. Eu não era uma imitadora. A vizinha, a menina tímida e esquisita, havia criado o pôster.

Ele me lançou um olhar inquisitivo, e eu fiz que sim.

— Fui eu — declarei.

— Foi você quem fez isso — repetiu ele, uma afirmação.

— Eu que fiz e colei por aí, e continuo colando.

Era uma sensação muito estranha confessar aquilo. Achava que ficaria a vida inteira sem contar a ninguém. Tinha sido tão fácil contar. Bom, quer dizer, eu tinha quase morrido e o garoto que amava havia quebrado meu braço, mas ainda assim. Estava louca de vontade de contar a alguém, constatei.

— É... é uma graça.

— Sério? — indaguei.

— É meio esquisito, mas, por favor, me diz de novo qual é o seu nome. Não sei se eu já soube um dia.

— Frankie — falei.

— Ah, ótimo. Frankie, você é a primeira pessoa desta cidade que me surpreende. Em um intervalo de cerca de dois minutos, você fez as duas coisas mais surpreendentes que já vi em Coalfield.

Que coisa estranha de se dizer para uma adolescente que tinha ficado à beira da morte, fosse por acidente ou de propósito, mas fui tomada pela gratidão.

— Minha mãe — soltei. — A ambulância... Ninguém pode achar esses papéis.

— Ah, não. Ok, entendo o que você está querendo dizer.

— Meu braço está quebrado — falei.

— Está sim, está bem feio — admitiu ele, enfiando a mão pela janela e recolhendo alguns dos pôsteres caídos perto de mim. Depois foi ao lado do carona e recolheu todos os outros. Enfiava tudo na mochila, e eu ouvia a ambulância.

— Eles estão quase chegando — disse.

— Já peguei quase todos — falou alto. — Pronto, peguei tudo... ih, ainda tem um debaixo do banco. Ok, peguei.

— Você poderia guardar eles para mim? Esconder?

— Ah, sim, é justamente o que eu vou fazer. Esconder tudo. É segredo nosso. É... meu Deus, me diz seu nome outra vez.

— Frankie — respondi.

A ambulância estava bem perto.

— Frankie, ninguém vai saber. Pode ficar tranquila.

— Obrigada — agradeci.

— Não morre, Frankie — pediu ele. — Se você morrer, acho que vou ter que contar para alguém.

— Não vou morrer — declarei, e eu devo ter soado decepcionada.

— Você vai ter uma vida incrível, Frankie. Se já está começando assim? A vida que você vai ter vai ser incrível, vai ser quase de tirar o fôlego.

— Eu acho que sou uma pessoa ruim — declarei.

— Não — retrucou ele, e acho que teria dito algo mais, mas os paramédicos estavam se aproximando do carro, berrando coisas, e o sr. Avery sumiu de meu campo de visão. E nunca mais falei com ele.

Mas, às vezes, quando penso, pela milionésima vez, que sou uma pessoa ruim, ainda escuto a voz dele, aquela única palavra, *não*, e apesar de não acreditar piamente nele, a fala me salvou inúmeras vezes.

ACORDEI NO HOSPITAL, EM MEU PRÓPRIO QUARTO, E TUDO estava dormente e nebuloso. Tinha a sensação de que um nível baixíssimo de eletricidade percorria meu corpo. Minha língua estava enorme dentro da boca, que também parecia enorme, sabe-se lá por quê. Meu braço, o quebrado, estava pendurado numa corda ou algo do tipo, e uma tala de espuma e metal o mantinha no lugar. Estava me dando conta de que ele continuava ligado a meu corpo quando ouvi minha mãe chamar:

— Frankie?

— Oi? — respondi.

— Você está bem — afirmou ela. — Seu braço vai ficar bom, sabe, novinho em folha, pelo menos foi o que o médico disse. Você sofreu uma fratura, mas, sabe como é, o osso não...

— Minha mãe se calou de repente e fez cara de que ia vomitar. Eu percebi, agora que o mundo recuperava um pouco de claridade, o quanto estava pálida. Ao cabo de alguns segundos, prosseguiu como se eu não a tivesse visto quase vomitar por conta do horror de meu braço quebrado.

— Não rompeu a pele, né? E osso de adolescente é tipo, Deus do céu, eles voltam para o lugar e é como se nada tivesse acontecido.

— Minha boca está esquisita — falei.
— É, você lascou os dentes da frente. A gente vai ter que ir ao dentista para arrumar seus dentes, porque eles... bom, não se preocupa com os seus dentes, Frankie, caramba. Eu não vou me preocupar com os seus dentes, está bem? Os dentes são a *última* das nossas preocupações. Mas, sim, eles ficaram bem estragados com a batida.
— Com a batida — repeti, como se tentasse entender o que ela sabia.
Eu me perguntava se Zeke tinha ido ver como eu estava, se estava no corredor.
— Você se lembra da batida, meu amor? — perguntou ela. — Você saiu da pista quando estava dirigindo. Você entrou... bom, você entrou um bocado no quintal do vizinho e bateu numa árvore. Lembra disso?
— Lembro — admiti. — Bati na árvore com bastante força.
— Bateu mesmo, meu amor — disse minha mãe. — E eu apenas... Frankie, o que foi que aconteceu?
Sabia que precisava mentir, e sabia que seria muito fácil mentir. O único problema era se Zeke estivesse no corredor, se tivesse contado tudo a ela. Mas sentia que ele não estava lá. Tinha me largado no chão do quintal da avó. Não tinha me socorrido. Tinha ido embora.
— O Zeke foi embora — contei.
— Como é que é? — indagou ela.
— O Zeke está indo embora. Mãe, o Zeke está aí? Ele está aqui agora?
— Você acha que o Zeke está no quarto, Frankie? — questionou ela, confusa.
— Não, mas... ele está no corredor? Você viu ele?
— Frankie? Não. Não vi o Zeke. Eu estava no trabalho e recebi um telefonema da polícia dizendo que você tinha

sofrido um acidente de trânsito e que tinha sido feio... bom, acabou que não foi feio, certo? Você está bem e vai ficar bem... e eu peguei o carro e vim direto para o hospital, e estou do seu lado desde então.

— Ok... bom, o Zeke vai voltar para Memphis. Ele vai embora de Coalfield. — Comecei a chorar.

— Meu amor, Deus do céu. Eu lamento muito. Lamento muito porque sei que você gostava muito dele — disse ela, acariciando minha cabeça, com medo de me abraçar por causa da dor que eu em tese sentiria.

— Já estou com saudades dele — falei.

— E, querida, você ficou chateada quando ele te contou? — perguntou ela. — E foi para casa?

— É... acho que eu estava dirigindo rápido demais, ou talvez não estivesse prestando atenção na pista? Não me lembro direito, mãe.

— Bom, tudo bem, é... é claro que é possível você não se lembrar. Mas... Frankie? Olha para mim, meu amor?

— Estou olhando — respondi.

— Você está olhando uns quinze centímetros à minha esquerda, mas é... ok, quem sabe a gente não pergunta para o médico sobre isso quando ele voltar para olhar você. Mas eu só quero ter certeza de uma coisa. E você pode me contar. Pode me contar qualquer coisa.

— Ok — falei, ciente de que não lhe contaria tudo. Deixaria muita coisa de fora.

— Você deu com o carro na árvore de propósito? Por estar chateada porque o Zeke vai embora?

— Não! — respondi, porque realmente não era verdade. Era mais complicado, mas não queria entrar no assunto. — Mãe, não. Eu só... sei lá. Eu não tentei me matar, mãe.

— Ah, meu amor, só de ouvir você falar isso eu já passo mal — disse ela. — E o Zeke parece ser um doce de menino, mas, caramba, Frankie, nunca ouse se matar por um garoto. Nem por nada! Nada no mundo vale a sua vida. Seu pai me largou e começou outra família. Mas eu não me mataria por conta disso.

— Mãe — falei, de repente exausta —, eu não quero falar do papai agora.

— Claro que não, meu amor — disse ela. Ficou comovida, os olhos marejados. — Eu... você é a pessoa mais linda e maravilhosa e esquisita que eu já conheci. É a pessoa mais incrível do mundo. E tem que viver tempo o bastante para fazer o resto do mundo entender isso, combinado? Você tem que continuar viva.

— Vou tentar, mãe — falei, e tornei a chorar.

— Daqui a dez anos — disse ela —, quando você tiver saído de Coalfield e for bem-sucedida e feliz, você não vai nem se lembrar deste verão, meu amor.

— Eu acho que vou — rebati.

— Bom, você vai se lembrar — replicou ela —, mas ele não vai ser tão importante quanto parece agora.

AS COISAS SE DESENROLARAM MUITO RÁPIDO DEPOIS DISSO. Após o assassinato de Casey Ratchet e do alvoroço decorrente, as forças policiais, com a ajuda dos condados vizinhos, proibiram qualquer pessoa de entrar em Coalfield por duas semanas. Se não fosse moradora da cidade, a pessoa só poderia ultrapassar as fronteiras para entregar artigos de primeira necessidade como alimentos e gasolina. O governador do Tennessee declarou estado de emergência. Àquela altura, imagens do pôster já haviam sido documentadas em todos os estados do país e em pelo menos mais trinta países, e Coalfield ainda estava repleta deles. Na televisão, a ABC News fez uma matéria sobre os pôsteres. Disseram que um homem de Denver, Colorado, que sofria de câncer terminal, tinha se suicidado e deixado um bilhete que consistia apenas nas frases que eu havia escrito no início do verão. Alguém em Nova York colava versões imensas do pôster em lambe-lambes na Times Square e virou uma brincadeira entre os hipsters tirar fotos deles antes que fossem arrancados. Uma mulher de Hillsborough, Carolina do Norte, alegava que as frases vinham de um romance inédito do falecido marido, autor de centenas de romances eróticos sob o pseudônimo Dick Paine.

Entrevistaram nosso prefeito, que declarou ainda ter certeza de que aquilo era uma manifestação do diabo e ter esperanças de que os estranhos da primeira van preta fossem encontrados e levados aos tribunais. Quatro anos depois, descobriríamos que ele tinha outra família em Knoxville, e essa família se mudaria para Coalfield e viveria com a primeira família em uma harmonia bizarra, e ele continuaria prefeito por anos a fio, até morrer de um infarto fulminante sentado em um tanque de mergulho na feirinha rural.

VOLTEI PARA CASA E MEU BRAÇO SAROU. MEUS IRMÃOS PISAVAM em ovos perto de mim, chegavam a ser gentis. Acho que ficaram chocados porque eu havia sobrevivido a algo pior que tudo o que já tinham vivido. Não haviam se dado conta de que eu também era invencível, imagino, e estavam com medo de minha força, do que eu poderia fazer com eles.

Hobart, que circulava de muletas por conta da perna quebrada, nós dois em recuperação, passava um bom tempo comigo quando minha mãe estava no trabalho. Tomávamos copos enormes de chá doce e nos revezávamos na leitura em voz alta de romances de Patricia Highsmith. Meio que passei a gostar dele de verdade, da sensibilidade e da afetuosidade que víamos quando esquecíamos a fanfarrice dele.

Ele tinha largado o emprego no jornal e estava desempregado, havia basicamente se mudado para nossa casa. Eu lia os classificados do jornal com ele e circulava as vagas que pareciam interessantes. Uma delas era de entregador do Schwan's, e quando Hobart se candidatou, eles mandaram de volta um catálogo das comidas que vendiam. Passamos um tempão olhando as fotos horríveis do frango à Kiev e das barrinhas de sorvete. Começamos a procurar coisas interessantes à venda, e íamos a outras cidades para comprar um monte de fitas VHS de filmes raros, filmes de que eu nunca tinha ouvido falar, mas que Hobart dizia serem geniais. Disse que talvez fosse abrir uma videolocadora em Coalfield, com clássicos cult difíceis de achar, e acabou que um tempo depois foi isso mesmo que ele fez, e apesar de não ter ganhado muito dinheiro, ele meio que ficou famoso entre colecionadores e cinéfilos, aquele bando de esquisitões dos fóruns de internet. Ele tinha tino para encontrar coisas. Em geral, era ingênuo, mas era bom nisso.

Uma tarde, depois de ler um trecho de *Este doce mal*, estávamos fazendo sanduíches de pasta de amendoim e Hobart disse:

— Eu detestava ser adolescente.

— Eu não detesto — disse, um tanto ofendida.

— Bom, eu detestava — contou, parecendo tristíssimo. — Não porque achasse que algo melhor estava por vir. Eu nunca me senti bem comigo mesmo.

— Às vezes eu me sinto assim — confessei.

— E aí eu envelheci e imagina só? Continuo não me sentindo bem comigo mesma. Acho que nunca vou me sentir. Eu meio que fracassei em todos os lugares aonde fui, sempre consegui menos do que eu achava que conseguiria. Mas acho que tudo bem. Talvez seja necessário sentir que você não está exatamente seguro, ou talvez isso seja necessário para certas pessoas.

— Mesmo quando você se sente firme — sugeri —, pode acontecer alguma coisa para estragar tudo.

— É, é verdade — disse ele, rindo. — Acho que o que eu estou querendo dizer é que às vezes sua mãe diz que as coisas vão melhorar para você no futuro. E eu acho que vão mesmo, Frankie. Acho você muito inteligente e acho que vai se sair bem. Mas também acho que não é tão ruim assim você nunca se sentir bem neste mundo. Ainda vale a pena ficar por aqui. Você só precisa procurar mais a fundo para achar coisas que ame.

— Entendi — disse.

Eu meio que queria dar um abraço nele. Por uma fração de segundo, pensei em lhe contar que tinha criado o pôster, mas sabia que não faria isso. Porém, só o fato de cogitar me fez perceber que ele poderia se casar com minha mãe e eu ficaria feliz.

MINHA MÃE ME OBRIGAVA A DAR LONGAS CAMINHADAS PELO bairro, para espairecer depois de tanto tempo dentro de casa, e eu acenava para o sr. Avery e ele retribuía o aceno. E sempre que chegávamos na porta de casa, ela me abraçava e dizia:

— Você vai ficar bem, meu amor.

Nunca tive notícias de Zeke. Sabia que havia inúmeras razões para ele não me contatar. Tinha medo do pôster e do que poderia acontecer se alguém descobrisse. Mas eu sabia, além disso, que ele tinha vergonha de ter me machucado, de ter tido uma atitude horrível. Se não procurasse saber como eu estava nem pedisse desculpas pelo que tinha feito, ele poderia fingir que nada tinha acontecido.

Em minha cabeça, eu não parava de pensar que tinha me afastado no momento em que eu precisava dele, tinha me empurrado escada abaixo, e talvez fosse cegueira minha, mas eu não acreditava ter sido de propósito. Sei que estava criando justificativas por ele, tentando ignorar todas as vias por meio das quais a ira tinha encaminhado a vida dele a lugares ruins. Eu o protegia porque acho que pensava que ele precisava ser protegido. E se eu protegesse a pessoa que havia me magoado, havia me despedaçado, seria mais forte do que ele e do que qualquer um que tentasse nos machucar ainda mais. E talvez isso o trouxesse de volta.

Tomei a decisão de perdoá-lo, e não pediria desculpas por isso. E não estou me desculpando agora. Mas depois que Zeke foi embora, queria apenas que ele falasse comigo, que entrasse em contato, e acreditava plenamente que as coisas voltariam a ser como antes. Mas não poderia ser eu a ligar para ele. Precisava ser ele, eu achava. E ele não ligaria.

Isso acabava comigo. E apesar de estar melhorando, minha sensação era de que estava morrendo. Coalfield parecia vazia. Sentia uma solidão maior do que a que sentia antes do começo do verão, e tive um pouco de ódio dele por causa disso.

COMO NÃO TINHA MAIS O QUE FAZER, ESCREVI O ROMANCE, O terminei, e fiz questão de que minha personagem, a gênia maligna, ficasse impune, e ninguém jamais descobrisse o que tinha feito, o que continuava fazendo, o que jamais pararia de fazer. Ela era invencível. Era uma fugitiva, caramba, e a justiça estava bem seca de fome atrás dela. Dei para minha mãe, talvez para lhe mostrar que estava melhorando, ou talvez porque não tivesse alguém capaz de validar o que eu tinha feito. Ela adorou.

— Foi isso o que você passou o verão fazendo? — indagou ela, e eu fiz que sim, é claro, isso e só isso, e aqui está a prova dos meus últimos meses.

Ela o mostrou a Hobart, que também adorou, e tive a sensação, pela primeira vez, de que talvez fosse uma bobagem a pessoa ficar com vergonha de coisas esquisitas se fosse muito boa nelas. Ou não boa. Se a deixassem feliz.

É claro que continuei colando o pôster. Na primeira vez após o acidente, eu o dobrei em forma de passarinho e fui andando sozinha no calor da manhã para enfiá-lo na caixa de correspondência da avó de Zeke. Depois de fechar a tampa, olhei para a janela e a vi no sofá, assistindo TV, sozinha. Fui embora antes que ela me visse, mas torcia para que ela o achasse, ligasse para a mãe de Zeke, e eles voltassem correndo para Coalfield. Mas nada aconteceu, ou nada que fizesse diferença para mim aconteceu. Talvez eu tenha feito a avó de Zeke se cagar de medo. Não faço ideia. Nada chegou a meus ouvidos.

Às vezes, quando estava sozinha, eu ia à garagem e fazia cópias do pôster usando o original. Era eu quem o tinha guardado. Era meu, o mínimo que Zeke poderia fazer depois de quase me levar à morte. Eu tinha o verdadeiro, o primeiro, e toda a força que havia nele. Nosso sangue, aquelas estrelas no céu. Fazia cinco cópias por vez, o suficiente para sentir que ele ainda me pertencia.

Meu braço estava engessado quando a escola recomeçou, mas não pedi que ninguém o assinasse. Ninguém pediu; não passava horas a fio todos os dias rechaçando a longa fila de pessoas solidárias, munidas de canetinhas, que queriam deixar a marca delas em mim. De certo modo, ele me tornou mais invisível, pois as pessoas viam o gesso, mantinham distância, e não sabiam nem de quem era o braço. Enfiava pôsteres dobrados pelas frestas de armários escolhidos a esmo. Alguns garotos usavam camisetas com meu pôster para ir à escola, as blusas piratas que compravam na Action Graphix, eram obrigados a voltar para casa para se trocar e se tornaram meio que lendários naquelas primeira semanas de aulas.

Uma menina, Jenny Gudger, que eu sinceramente nunca havia notado, usou a camiseta três vezes e foi suspensa por uma semana. Quando voltou, comecei a me sentar com ela no almoço, e às vezes falávamos do pôster. Ela tinha passado boa parte do verão em uma colônia de férias, então eu gostava de lhe contar uma versão do que tinha acontecido, fingindo ser uma observadora, uma espectadora, e foi um bom exercício, saber do pânico, mas não contar tudo. E talvez virássemos amigas, amigas de verdade, mas antes do feriadão de Natal, ela engravidou e os pais a mandaram para Atlanta, para morar com a tia. Passei a pular o almoço e ficar na biblioteca, me ocupar das candidaturas às universidades, planejando meu futuro. Esse era meu plano, imaginar o futuro.

De modo geral, o pânico havia se amainado. Era como o epicentro de um desastre que agora se recuperava, mas as repercussões, a atividade sísmica, ainda reverberava, chegando cada vez mais longe no mundo. Mas, sinceramente, ninguém da era pré-internet (ou pré-internet-como-eu-a-conheço-agora) poderia de fato chegar a um consenso sobre o responsável, e sem uma pesquisa mais aprofundada, a origem já não tinha importância. Agora era apenas uma coisa que existia no mundo, e nada poderia mudar isso.

Com os trigêmeos na faculdade, minha mãe e eu ficávamos juntas o tempo inteiro, Hobart arrastando os pés à nossa volta, e a cada dia que passava eu conversava mais com eles sobre a faculdade, sobre o que eu poderia estudar. Jantávamos e víamos um filme e francamente acho que nunca me senti tão parte de uma família quanto naquela época. Tinha sobrevivido a alguma coisa, uma coisa que eu tinha criado, e não tinha certeza se estava feliz com isso, mas não sabia o que mais poderia fazer.

E então, em breves lampejos, eu ouvia a frase, minhas palavras, na voz de outra pessoa dentro da cabeça. Talvez fosse a de Zeke? Não era minha voz. E eu me fechava, me sentia presa, e repetia a frase, em minha própria voz, na cabeça, e isso me acalmava. Era minha. Eu tinha criado. E não deixaria que ninguém a tirasse de mim. A beira é uma favela cheia de gente procurando ouro. Somos fugitivos, e a justiça está seca de fome atrás de nós. Não tinha acabado. Eu ainda era uma fugitiva. Ainda éramos fugitivos. E passaria o resto da vida com essa certeza. Não sei nem exprimir em palavras a felicidade que isso me trazia.

PARTE II

Somos fugitivos, e a justiça está seca de fome atrás de nós

OUTONO DE 2017

Treze

APENAS DUAS SEMANAS DEPOIS DE MAZZY BROWER LIGAR DO nada para minha casa e destruir minha vida, eu estava sentada à mesa do Krystal em uma cidade a trinta minutos de Bowling Green, onde eu morava. Tinha deixado Junie na escola, ido para casa e passado três horas inteiras andando de um lado para o outro, o gato miando e andando junto comigo, vez ou outra se embolando com meus pés, me fazendo berrar palavrões. E então mandei uma mensagem para meu marido, que àquela altura do dia estava mergulhado nas bocas de gente que conhecíamos muito bem, limpando e arrumando os dentes deles, avisando que eu ia me encontrar com alguém que queria me entrevistar sobre minha escrita. Não era estranho dizer isso porque tinha escrito alguns livros bastante populares e porque às vezes as pessoas falavam comigo, e portanto era uma mentira fácil.

Porque a verdade é a seguinte: nunca contei a meu marido que fui a responsável pelo Pânico de Coalfield de 1996. Não contei que a camiseta que usava de vez em quando, que tinha encomendado em uma loja de roupas bem careira de Toronto, tinha a frase exata que eu havia criado aos dezesseis anos.

Aaron sabia que eu era de Coalfield, que morava lá durante o pânico, e já tínhamos falado do assunto. Mas nunca havia lhe contado a verdade. Porque quando o conheci, ele era meio tonto e eu não tinha tanto interesse assim nele como par romântico. Ele já gostava de dentes quando estava na faculdade, e eu achava que não queria me envolver com isso. Ele tinha interesse nos *meus* dentes, na realidade, porque os dois da frente tinham sido arrumados mal e porcamente por um dentista barateiro não muito competente. E ele reconhecia que o conserto tinha sido péssimo e dizia que um dia, quando fosse dentista, ele arrumaria meus dentes estragados de graça, e portanto, diante de tamanha falta de romantismo, dá para você entender por que eu não contaria para ele que era a responsável por uma obra de arte que as pessoas achavam ser fruto de Satã.

E então, uma noite, você dá uns pegas nesse cara porque, ainda que esteja interessado sobretudo nos seus *dentes*, ele já reparou em você mais do que os outros caras da faculdade. E em seguida, depois que vocês ficam, existe um breve intervalo de tempo em que você pode contar a alguém sobre seu pôster que transformou a cultura, e eu perdi essa oportunidade porque ainda não estava pensando: *Eu vou me casar com esse tonto que quer arrumar meus dentes e que meio que os lambeu enquanto a gente se pegava.* E aí namoramos e rompemos várias vezes, e sempre que rompíamos, eu pensava: *Que bom que não contei para ele, que bom que não mostrei o pôster para ele*, e então, quanto reatávamos, eu pensava: *Não mostra o pôster para ele porque vai que ele esquece seu aniversário e vai a uma convenção de HQ uma* segunda *vez*, e então eu estava dançando com ele no nosso casamento, e minha mãe olhando para nós e chorando, e entendi que não podia rodopiar para longe e rodopiar para perto e lhe contar que havia um menino, o Zeke, e não havia nada de romântico, não foi assim, mas eu jamais deixaria de pensar nele e em certa medida ele era responsável por minha trajetória de vida, e além disso eu era uma fugitiva e a justiça estava seca de fome atrás de mim, tudo isso enquanto Patsy Cline cantava "You Belong to Me" e alguém fazia um vídeo de nós dois. E então me apaixonei por Aaron de verdade, o que foi mais bizarro e mais interessante do que eu imaginava, e ele era acima de tudo de uma bondade e gentileza incríveis e amava nossa filha, e eu pensei: *E se eu estragar isso? E se a coisa dentro de mim estragar tudo e eu perder tudo?* Então não disse nada. Continuava sendo segredo. Um segredo que Mazzy Brower tinha descoberto sabe-se lá como.

Quando ela apareceu, fiquei chocada de ver que era mais velha do que eu. Esperava, com um nome como *Mazzy*, que fosse uma garota hipster do Brooklyn, de vinte anos, que havia se formado precocemente em Yale, que fazia parte da equipe da *New Yorker* e que eu descobriria que seu avô era, sei lá, Dave Thomas, o fundador da lanchonete Wendy's. Mas era mais velha do que eu; era alta e um tiquinho esquelética, o cabelo estava ficando grisalho e usava uma blusa floral de botões da década de 1970 que era lindíssima. E durante esse tempo todo eu pensava: *Por essa eu não esperava*, e então ela estava de pé diante de mim, me olhando de cima em frente à mesa da lanchonete que servia hambúrgueres minúsculos no vapor.

— Oi — falei tão baixinho que não sabia se ela tinha me escutado.

— Frankie? — perguntou ela, mas sabia que era eu, é claro. Ela tinha me achado.

— Eu mesma — declarei. — É esse o meu nome.

— Sou a Mazzy — disse ela. — Muito obrigada por ter concordado em me encontrar. Posso me sentar? Podemos conversar?

Fiquei pensando qual seria a sensação de dizer "Hmm... não" e me levantar e entrar no carro e costurar o trânsito, quase causando um acidente gigantesco, e nunca falar com ela.

— Claro — respondi —, quer dizer, eu acho que é melhor a gente conversar.

Ela se acomodou do outro lado da mesa e tornou a se levantar.

— Posso pedir alguma coisa para comer? Estou morrendo de fome.

— Claro, sem problema. Eu teria, bom, talvez eu tivesse escolhido outro lugar se soubesse que a gente ia comer.

— Esse aqui não é bom? — indagou ela.

— Não, é ótimo — falei. — É ótimo... na minha opinião.

— Bom, se você diz que é bom, eu vou acreditar — respondeu ela, e saiu para fazer o pedido.

Eu me dei conta de que não queria ficar ali sentada enquanto ela comia, olhando para ela, e fui pedir dez Krystals, batata grande, dois Corn Pups e um Dr. Pepper grande. Seria bom, pensei, ficar meio enjoada enquanto tudo mudava.

Enquanto comíamos, ela me explicava quem era, o que foi bom de ouvir, porque por algum motivo eu não havia procurado nada sobre ela na internet. Por que não tinha procurado o nome dela na internet? Acho que queria continuar acreditando que não era verdade, que eu apareceria, ninguém iria me encontrar e eu voltaria para a vida de sempre.

Ela era crítica de arte e se concentrava sobretudo em artistas nova-iorquinos menos conhecidos, em geral pintores, em geral mulheres, mas tinha descoberto um pintor chamado Henry

Roosevelt Wilson e estava escrevendo um livro sobre ele. Ele era do norte do estado de Nova York, de uma cidade chamada Keene, e tinha vivido numa fazenda com a esposa, Henrietta Wilson (Henry e Henrietta, santo Deus), e o que ele mais pintava eram retratos fantasmagóricos em portas restauradas que comprava em leilões de espólio. Foi um pintor bastante obscuro em vida, mas tinha participado de exposições coletivas em Nova York e São Francisco. Também era arremessador e tinha jogado no time de beisebol dos agricultores Milwaukee Brewers antes de quebrar o braço tentando subir uma janela de segundo andar depois do toque de recolher. O pai e a mãe haviam sido assassinados em um roubo que deu errado quando ele tinha sete anos, e vivera em um orfanato até os catorze, e foi no orfanato que começou a pintar portas.

Mazzy me mostrou algumas imagens das obras dele, que de fato eram fantasmagóricas, as figuras altas e estreitas e quase virando névoa diante dos olhos. Mas eram lindas. E em seguida me mostrou uma foto de Henry, que era, meu Deus, lindíssimo. Lindo de doer. Lindo como um lavrador que ganha um concurso de modelo e acaba se casando com a princesa, de cabelo castanho cacheado e olhos bem azuis e músculos definidos sob a camisa frouxa de linho. Com aquela aparência, eu concluí, era provável que todo mundo parecesse se dissolver à frente dele. Não tinha como pintar alguém tão bonito quanto ele, então recompensava as pessoas transformando-as em fantasmas para que não se sentissem tão mal.

— Então — continuou Mazzy —, eu fui ver a Henrietta quando comecei a pesquisar sobre a vida do Henry e ela relutou muito em falar dele, é muito reservada quanto a esse assunto, e como não tinha muitas informações disponíveis sobre ele, eu tive que jogar charme para ela, dizer o quanto eu amo as pinturas dele, e acho que ela acabou se dando conta de que eu levaria a obra do marido a um público maior, que, sabe como é, de modo geral o ignorou em vida. Aluguei um apartamento em Keene, em cima de um empório antigo, e me encontrava com ela algumas vezes por semana. E aí, um dia, ela meio que, sei lá, concluiu que não teria mais muito tempo neste mundo e que o Henry já estava morto, e que não tinha problema me contar tudo. E foi o que ela fez.

Henry, Mazzy me informou, era gay, e Henrietta já sabia disso ao entrar na relação, mas gostava dele, que era um doce e tinha uma fazenda enorme que ela adorava. E como era quase impossível Henry ter relações duradouras com homens daquela área, ele era mais dela do que de qualquer outra pessoa. A certa altura, em uma exposição coletiva em Los Angeles, ele conheceu Randolph Avery, e os dois estabeleceram uma forte amizade que durou até o fim de suas vidas, embora não houvesse algo físico entre eles. Ou pelo menos Henrietta garantiu a Mazzy que não havia. E continuaram muito próximos até Avery morrer. Avery, eu sabia, havia morrido de Aids poucos anos depois daquele verão em Coalfield.

Fiquei sabendo — bom, não que ele morreu de Aids, pois ninguém falaria disso em Coalfield, nem mesmo nos anos 1990 — quando estava na faculdade, ficando com Aaron. Minha mãe telefonou para contar que nosso vizinho havia falecido. Disse que ele tinha morrido dormindo, e na mesma hora fiquei me perguntando sobre minha mochila, se ele a havia guardado, se a irmã dele a acharia. Eu ficara com muita vergonha de buscá-la quando ainda morava em Coalfield, queria preservar a possibilidade de que nossa interação tivesse sido um sonho. Mas agora, ciente de que outra pessoa poderia esbarrar com ela, fiquei nervosíssima, pois tinha minhas iniciais bordadas, coisa que minha mãe havia pagado dez dólares a mais para fazer, e esse me parecia um jeito muito idiota de ser descoberta.

— O que você acha que vai acontecer com as coisas dele? — perguntei a minha mãe, e no mesmo segundo pensei: *Que merda é essa que você está fazendo, Frankie?*

— O quê, meu amor? — indagou ela.

— Hmmm, é... bom, você acha que vão leiloar o espólio, talvez? Ou que um museu vai querer? Ele era artista, né? Deve ter umas coisas legais. Eu voltaria a Coalfield para dar lance em alguma coisa.

— Querida, você fumou maconha? — perguntou ela. — Nenhum museu vai recolher as coisas do sr. Avery. Ele não era um artista tão famoso assim.

E então fiquei muito triste porque queria pegar minha mochila para não ser descoberta, mas também queria o *haori* dele, para usar nos passeios pelo campus. Mas preferi dizer que precisava estudar. E nunca mais tocamos no assunto. Pelo que sei, minha mochila ainda está em algum canto da casa da irmã dele. Agora eu pensava se Mazzy não a teria achado, mas estava botando o carro na frente dos bois. Já tinha comido sete hambúrgueres. Precisava desacelerar. Precisava deixar que Mazzy me contasse o que sabia, assim entenderia o que ela não sabia.

Mazzy disse:

— E por fim, depois de a Henrietta desencavar de vários porões e celeiros, e até da casa de amigos, todas as pinturas de Henry que existem, ela me deu um fardo de cartas de Randolph Avery. Quer dizer, eles devem ter trocado correspondência no mínimo uma ou duas vezes por semana até a morte de Avery.

Imaginei que todas as cartas que o sr. Avery havia recebido de Henry estivessem escondidas em algum lugar da casa da irmã dele, em Coalfield, talvez junto com minha mochila.

— Então estou lendo elas, uma por uma, fazendo anotações, conferindo informações. Quer dizer, como tem muita coisa sobre o fato de que Randolph amava os Dodgers e o Henry amava os Yankees, tive que verificar *um bocado* de nomes do beisebol. Mas cheguei ao verão de 1996 e fiquei interessada porque o Randolph sempre atualizava o Henry sobre o pânico, e eu tenho certeza de que você sabe que várias pessoas desconfiavam de que ele poderia ser o responsável.

— É, eu já ouvi isso. Faz sentido — respondi.

Isto é, eu já havia lhe dito por telefone, duas semanas antes, que tinha sido eu, mas talvez ainda desse para encontrar uma saída. Randolph Avery tinha escondido as provas da primeira vez, e eu matutava, agora que ele estava morto, se ele não poderia continuar escondendo-as por mim.

— É, mas não — declarou Mazzy, meio confusa. — Né? Porque foi você.

— Me conta mais do que você sabe.

Ela me disse que várias das cartas continham menções a mim. Pegou uma cópia de uma das correspondências e esperou que eu empurrasse minha bandeja, aquele monte de caixinhas de hambúrguer vazias, para poder colocá-la onde eu pudesse ver. Fiquei imediatamente impactada pelo garrancho do sr. Avery, sem as pinceladas longas, a letra cursiva fluida que imaginava para um artista. Era gravada, arranhada no papel, e então me lembrei: *Ah, ele estava à beira da morte*, e era cruel, é claro, mas fazia sentido. Não sei por que interessava se a letra do sr. Avery era bonita, mas acho que quem usa um *ha-*

ori japonês em Coalfield também deveria ter uma letra linda, harmoniosa, que pareça caligrafia.

— Então — disse Mazzy, interrompendo os pensamentos bizarros que passavam pela minha cabeça —, isso aqui é importante. Ele diz a Henry que descobriu quem foi. Ele diz, bem aqui: "Talvez eu seja a única pessoa do mundo, Henry, que sabe com certeza". E em seguida, olha só: "É minha vizinha, uma menina, uma adolescente chamada Frankie Budge".

Li junto com ela, acompanhando seu dedo se movimentar sobre o texto. Perdi o fôlego quando vi meu nome. Ele tinha contado. Tinha contado a alguém.

— É você — constatou Mazzy.

— Sim, é o meu nome — admiti e continuei lendo. Então vi Mazzy tensionar o corpo. *Henry, é assombroso. Uma garotinha normal do interior, tão esquisitinha e boba.*

— Calma aí, continua lendo – disse Mazy.

— *Talvez seja a maior artista que já conheci na vida. Ela deixa minha obra no chinelo. Sua obra, me perdoe por dizer isso, querido, também.*

Ela pegou a carta de volta e a guardou.

— Ele fala do seu... seu acidente. Chama de outra coisa, mas, de qualquer forma, ele menciona o pôster e diz que o comparou minuciosamente aos primeiros que apareceram, e volta e meia te via na rua em horários estranhos, e tinha certeza de que era você. E que você falou para ele que era você.

— E foi assim que você descobriu? — perguntei. — Você não estava tentando descobrir? Você só queria escrever um livro sobre um pintor de que ninguém nunca tinha ouvido falar?

— É... isso mesmo.

— E como a senhorinha te deu essas correspondências sigilosas, agora você sabe que fui eu que fiz o pôster?

— Bom, é como eu te disse, tenho quase certeza de que foi você. Eu li seus livros, em especial o que você diz ter escrito enquanto estava na escola, e a personagem principal fala muito de ir à beira e tem algumas imagens que me parecem similares às do pôster. É que... assim, eu sinceramente acho uma coisa incrível. É só... É você. Você já me disse que é você. No telefone. É você.

A beira, a beira, a beira, a beira... *A beira é uma favela cheia de gente procurando ouro. Somos fugitivos, e a justiça está seca de fome atrás de nós.* Eu disse para mim mesma, exatamente em minha voz, e olhei para Mazzy.

— Fui eu — confessei. — Sim, cem por cento. Fui eu que escrevi.

— Você tem provas? — perguntou ela.

Eu tinha levado a prova. Precisava que estivesse o mais perto possível de mim quando me encontrasse com aquela mulher que tentava abrir minha vida e me desestabilizar e talvez mudar tudo que eu tinha feito para torná-la possível. Enfiei a mão em minha mochila e peguei uma pasta de poliéster, uma capa de arquivo de alta qualidade, do tipo que se usa em museus. E mostrei a ela, que soltou um ruído, como se alguém tivesse pisado em seu peito.

— É o original — expliquei. — O primeiro. Tudo veio dele.

— É ele?

— E aqui está o meu sangue — declarei, apontando para as estrelas.

— Seu sangue? — disse ela, arregalando os olhos, e assenti.

Ela olhou para o pôster, era a primeira vez que alguém além de mim via o pôster em vinte anos. Achava que poderia derreter a cara dos outros, cegá-los, transformá-los em estátuas. Mas imaginava que o poliéster da capa protegeria outros seres humanos do desastre.

Mazzy se apoiou na curva do banco, olhou para o teto. E então sorriu. Ela sorriu, com todos os belos dentes, bem diferentes dos meus, bem diferentes dos de Zeke, e tocou minha mão.

— Que incrível — disse ela por fim.

— Estou com medo — declarei. — É... é bem complicado.

— Foi o que você falou no telefone outro dia. Que era complicado. O que você quer dizer com isso?

— O que eu quero dizer? — repeti. — É que... é complicado. Não sei explicar direito.

— Outra pessoa fez isso junto com você? Você teve ajuda? Dos seus irmãos, talvez?

— Meus irmãos? — disse, bufando sem querer ao cair na risada. — Meus irmãos não, de jeito nenhum.

Pensei em meus irmãos. Os trigêmeos tinham largado a faculdade e trabalhado em cozinhas por anos a fio e agora tinham um restaurante em Charleston, na Carolina do Sul, que servia pratos sulistas com um toque moderno, e apareciam em montes de revistas, no Food Network, e eles eram tão ocupados que eu quase não os via. Nenhum deles havia se casado, não tinham filhos, eram apenas três homens selvagens que viviam trocando murros, saindo com mulheres descoladas com tatuagens e se embebedando entre participações no *Today Show* fazendo biscoitinhos de caramelo salgado ou molho barbecue Cheerwine. Gostavam muito de jiu-jítsu, de carpintaria, eram daqueles que se preparam para o Apocalipse. Era como se tivessem criado um mundo só deles e ficassem atônitos sempre que me viam, a que fazia e não fazia parte deles.

Não, de jeito nenhum foram os trigêmeos.

— Então quem foi? — perguntou ela.

Olhei ao redor. A correria do almoço havia terminado; o salão do Krystal estava totalmente deserto, a não ser por nós.

Não ficava tanto tempo sentada em uma lanchonete de fast-food desde a adolescência.

— Não sei — declarei.

— Eu quero escrever sobre esse assunto, Frankie. Ou melhor, eu *vou* escrever sobre o assunto. Um artigo para a *New Yorker*. Como você deve imaginar, eles têm muito interesse na história, mas ninguém sabe de nada por enquanto. Só eu. E você. E... bom, qualquer outra pessoa que saiba. Mas preciso que você converse comigo sobre isso. Preciso da sua ajuda para entender.

— Não tem o que entender — retruquei. — Assim, é sério, você está zoando com a minha cara? Você acha que eu fazia ideia do que aconteceria? Não tem o que entender.

— Eu acho que pode ter — falou ela. — Se você deixar eu te ajudar.

— Preciso de um tempo para contar para as pessoas. Preciso... puta merda... eu preciso contar para o meu marido. Preciso contar para a minha mãe. É que... eu preciso de um tempinho para resolver as coisas.

— Mas depois você conversa comigo? — perguntou ela. — Você assume?

— Está bem — concordei. — Está bem, sim. Eu assumo. Eu conto para todo mundo que fui eu.

Ela me entregou um cartão.

— O meu e-mail e telefone. Eu sei que você já tem os dois, mas se precisar de alguma coisa, me escreve ou me liga. Se você for a algum lugar e precisar que eu te acompanhe, eu te acompanho.

Imaginei essa mulher que eu tinha acabado de conhecer indo comigo se sentar com minha mãe no sofá enquanto eu dizia: "Eu que criei esse troço que fez um monte de gente ficar descompensada e acabou matando algumas pessoas que a gente conhecia". E minha mãe respondendo: "Ah, meu amor, a gente vai ter que conversar sobre isso, mas a sua amiga não quer tomar uma coisinha? Ou comer um sanduíche? Aceita uma pizza? Frankie? Frankie? Você está me ouvindo? *A sua amiga aceita uma pizza?*".

Mazzy ficou um instante me fitando.

— Você me dá o número do seu celular? Sempre te liguei no telefone fixo. Assim a gente pode manter contato. — E eu tinha a sensação de que ela desconfiava de que eu fosse na mesma hora embarcar em um avião rumo a um país qualquer e ela ficaria com uma matéria que ninguém iria querer publicar. Acho que foi muito esperta de desconfiar.

Olhei para o cartão dela e usei o celular para mandar uma mensagem, e ela assentiu e me adicionou aos contatos. Nós nos levantamos. Ainda me restava um Corn Pup e estava prestes a pegá-lo quando Mazzy perguntou:

— De onde veio?

Eu olhava para o enroladinho de salsicha, distraída, mas tentei me concentrar.

— O pôster? — perguntei.

— É, as palavras, a frase — disse ela. — De onde veio?

— De mim — declarei, sem saber o que mais dizer.

Ela me encarou por alguns segundos, e entendi que estava repetindo a frase mentalmente. Ouvia cada uma das sílabas na cabeça dela, a frase inteira, porque sabia claramente como soava.

— A gente se fala em breve — falou, e concordei, e assim que ela foi embora, mergulhei o enroladinho na mostarda e o comi em duas mordidas.

Catorze

DEPOIS DE TERMINAR O COLÉGIO, GANHEI UMA BOLSA DE ES-
tudos e acabei em uma faculdade pequena de Ciências Humanas em Kentucky, onde conheci Aaron. E fiz amigos. Sentia que me desenvolvia nesses lugares a céu aberto, ao encontrar pessoas que tinham sido iguais a mim no colegial e agora ficavam surpresas que, puta merda, elas podiam se reexaminar e virar alguém um pouco mais maneiro. Meu curso era de Língua Inglesa e às vezes eu chocava meus professores porque já tinha lido alguns dos livros que passavam. Ficavam impressionados, e por isso me davam um pouco mais de atenção, e me sentia tão adulta por conta disso que resolvi dedicar meus quatro anos de curso a fazer o que eles dissessem.

No último ano, fiz um estudo independente com um professor de literatura velho e rabugento chamado dr. Burr Blush, que ia se aposentar no fim do ano, e, pelo que eu sabia, não lecionava disciplinas abertas aos alunos havia uma década. Tinha uma sala enorme na biblioteca, com *três* sofás (que depois ele me diria serem reservados a utilidades diferentes: 1. socialização, 2. leitura, e 3. dormir), e eu nunca o via em qualquer outro lugar do campus, como se ele se teletransportasse para a sala todas as manhãs e atravessasse um buraco de minhoca para voltar para casa. Eu o havia sondado justamente porque queria mostrar a alguém o romance que tinha escrito naquele verão em Coalfield, e queria alguém que não tivesse relação comigo, um professor que fosse pensar: *Não dá para eu escrever uma carta de recomendação para uma garota que escreve fanfic da Nancy Drew*. Se fosse horrível, a única pessoa que saberia disso seria um velho que provavelmente morreria na sala dele no dia que se aposentasse.

Por meio de uma breve pesquisa na biblioteca, descobri que o dr. Blush — que, quando de fato dava aula aos estudantes, era especialista em literatura norte-americana do século XIX — também era autor de um romance chamado *Huckleberry Finn na Rússia*, em que Huck acaba conquistando a afeição de Olga Nikolaevna, filha do imperador Nicolau I, e é perseguido pela Guarda Imperial continente afora. Era um livro insano ao extremo, e a certa altura Tom Sawyer aparecia com um tigre-siberiano de bichinho de estimação para ajudar Huck e Olga a fugirem de um prédio em chamas e depois desaparecia por completo da história. Terminava com Huck virando o czar do Império Russo e decidindo conquistar a Europa inteira. Assim que acabei de ler, eu pensei: *O dr. Blush vai adorar o romance da Nancy Drew do mal*.

Acho que minha presença à porta da sala o deixou tão espantado que ele assinou o formulário só para eu ir embora, mas também lhe dei uma cópia datilografada do manuscrito, e só tornei a vê-lo, apesar de bater à porta dele, mais de um mês depois. Então, quando eu desisti, recebi uma carta na agência dos correios do campus, em papel timbrado, em que dr. Blush me convidava para encontrá-lo na sala dele, onde então me disse que achou o livro ótimo.

— Subversivo! — Ele não parava de repetir. — Estranhamente subversivo, entende? Foi intencional, não foi? — E eu declarei que era intencional na esperança de que ele não continuasse a me pressionar a falar disso. O dr. Blush confessou ter lido os romances dos Hardy Boys e de Nancy Drew para os oito filhos, e ter carinho por eles, mas também ficar muitíssimo irritado com a bondade de todos os personagens. — Não é natural que dois irmãos, uma hora ou outra, troquem socos por algum motivo ridículo? — perguntou ele, e acho que teria mesmo sido bom ver Frank empurrar Joe da sacada por causa de um microscópio quebrado.

Quando me devolveu o manuscrito, vi que tinha sido rabiscado, tudo escrito com uma letra bonita à caneta vermelha, e ele declarou que eu tiraria a nota máxima se fizesse as revisões sugeridas, a maioria delas gramaticais, porque, frisou ele, minha gramática era pavorosa. As aulas tinham acabado e passei o resto do semestre sentada no sofá dele às terças e quintas-feiras, o sofá reservado à socialização, e eu fazia meus deveres e estudava, e o dr. Blush ou lia ou cochilava, e às vezes tomávamos chá e ele falava de literatura, admitindo entender muito pouco do assunto, e era gentil e fascinante. No final do ano, ele me disse que a esposa do neto era agente literária em uma agência chique de Nova York, e que tinha mandado o livro para ela, que tinha adorado e tinha certeza de que conseguiria vendê-lo e transformá-lo em uma série muito bem-sucedida para adolescentes. Ele me entregou um cartão com os contatos dela. Eu chorava, e o dr. Blush parecia não perceber, e antes que pudesse lhe dar um abraço, ele tornou a se deitar no sofá de dormir. Se alguém tivesse entrado na sala naquele instante, com o dr. Blush roncando no sofá e eu chorando de soluçar, nem sei o que imaginaria. No fim do verão, após minha formatura, já havia assinado um contrato para lançar dois livros por uma grande editora. Graças a esse senhor que de fato morreu cinco meses depois da aposentadoria, me fazendo chorar tudo de novo, graças à gentileza dele antes de sumir de minha vida, e em geral não era assim que as pessoas me deixavam ou que eu as deixava.

Como Frances Eleanor Budge, tinha escrito quatro desses livros com Evie Fastabend como personagem, provocando o caos em uma cidade chamada Running Hollow e que tanto amava quanto odiava o pai e a irmã (a mãe delas havia falecido muito antes). E foram todos best-sellers, e muitas meninas se vestiam de Evie Fastabend no Halloween, e, bom, de novo, foi esquisitíssimo ver uma coisa que eu tinha criado naquele verão, em meu quarto em Coalfield, se espalhar pelo mundo. Sempre havia conversas sobre uma série de TV ou um filme, mas a ideia nunca se concretizou, o que achei ótimo. Não queria que ficasse tão real assim.

Uns anos atrás, como Frankie Budge, publiquei um romance adulto chamado *Irmãs com o mesmo nome*, sobre uma mulher que descobre que o pai, há muito sumido, está à beira da morte, e cruza o país buscando as doze meias-irmãs, todas de mães diferentes, todas com o mesmo nome, no caminho até ele. E *não* fez sucesso, vendeu mal, e embora as resenhas tenham sido positivas, dava para ver que talvez eu tivesse me esforçado demais para escrever sobre minha própria vida, tivesse criado uma história explicitamente autobiográfica e tivesse feito besteira na execução. Ficava constrangida nas entrevistas e nos eventos, quando começava a falar sobre meu pai, história antiga. Agora estava tudo bem. Era um livro bom. Havia me perguntado se meu pai o leria e entraria em contato, mas não o via nem tinha notícias desde que ele estivera presente em minha formatura da graduação, quando Brian tentou lhe dar um chute de caratê antes de a cerimônia sequer começar, e todos nós decidimos, acho que sem dizer nada, que nunca mais precisaríamos nos reencontrar. A filha dele, Frances, que não tem semelhança física alguma comigo, é muito bonita e tem uma presença muito ativa nas redes sociais; trabalha em uma agência de publicidade de Chicago e nunca trocamos nem uma palavra. Acho que se nos encontrássemos na vida real, uma de nós explodiria, simplesmente deixaria de existir. Nem sei se ela faz ideia de quem eu sou. Espero que ela se case, adote o sobrenome do marido e quem sabe então, *quem sabe*, eu pare de ter tanto ódio dela, por mais mesquinho que isso seja.

Acho que o que eu estou tentando dizer é que vivi no mundo. Fiquei famosa como autora de um livro que as crianças amavam por um período curto da vida e lidei com tudo quanto é tipo de situação em que as coisas que fiz eram discutidas e ponderadas, e às vezes as pessoas me pediam para participar dessas discussões. Eu não me importava.

Eu tinha um marido ótimo e uma filha adorável e linda, e duas vezes por semana ia à biblioteca da escola fundamental, onde me voluntariava a ler para crianças que não davam a mínima e só queriam brigar pelos travesseiros em que se deitavam, e visitava escolas nos condados vizinhos para conversar sobre escrita com adolescentes, e tinha criado toda uma vida para mim. Mas acho que eu tinha criado essa vida em cima de outra vida, uma vida secreta, e havia me convencido de que tudo daria certo contanto que eu mantivesse minha vida em cima do segredo, se a pressionasse a ficar lá no fundo de mim.

E quando algo volta, quando ressurge, quando emerge desse lugar dentro de você, ocupa um espaço verdadeiro no mundo que você criou. E eu não sabia direito de quanto espaço precisava, se me empurraria para tão longe dessa vida a ponto de eu ter que recomeçar, me tornar outra pessoa.

Naquela noite, pedi que a babá de Junie a levasse para ver um filme, e quando Aaron chegou do trabalho, declarei que precisava lhe contar uma coisa. Meu corpo inteiro meio que vibrava, minha pele estava formigando.

— Você está com cara de que está passando mal — comentou Aaron, franzindo a testa. — Você está legal?

— Eu acabei de saber... — falei, e ele se enrijeceu na mesma hora.

— Alguém morreu? — soltou ele. — A sua mãe morreu? Espera aí, a *minha* mãe morreu? Foi por isso que você pediu para a Bea sair com a Junie?

— Não, nossa, Aaron, me desculpa. Não, ninguém morreu. Está todo mundo vivo. Também não tem ninguém à beira da morte. Não é nada desse tipo. Caramba, você chegou nisso muito rápido.

— É que você estava com uma cara péssima — disse ele, ainda desconfiando de mim. — Como se alguém tivesse morrido. É a mesma cara da minha mãe quando ela me contou que um carro tinha atropelado o nosso cachorro.

— Bom, graças a Deus, não é nada disso. É só a minha cara, sabe? Minha cara de sempre.

— Você está muito pálida — disse ele, inspecionando meu rosto. — Está suando.

— Puta merda, você está piorando a situação — respondi. — Quer uma cerveja, sei lá? Você acha que vai te ajudar a relaxar?

— Eu acho melhor você me falar logo o que foi — pediu ele —, porque estou ficando assustado.

— Ok, bom, me encontrei com uma mulher hoje, e ela quer escrever sobre mim na *New Yorker*, e por isso...

— Caramba, Frankie, é notícia boa? Por que você estava agindo de forma esquisita? Que maravilha! Vai ser sobre os livros da Evie? Ou sobre o romance?

— Não — respondi —, não vai ser sobre os livros.

— Ah — soltou ele. Estava sorrindo, mas eu via que a mente dele trabalhava, tentava entender por que alguém iria querer conversar comigo se não fosse para falar de Evie Fastabend e a mente maligna dela. — Bom, então é sobre o quê?

— Ela quer falar comigo sobre o Pânico de Coalfield — admiti, enfim.

— Ah, então é tipo uma história oral? Caramba, Frankie, eu estou confuso, queria que você falasse logo...

— Fui eu — confessei, meio que gritando. — Fui eu que fiz aquilo acontecer. Naquela época. Eu fiz o pôster. Eu que escrevi aquelas palavras.

— Para com isso — disse ele, franzindo a testa. — Frankie, você ia se meter em uma encrenca das brabas se mentisse sobre essa história. Ela é repórter, então, tipo, ela...

— Fui eu. Eu mesma. Naquela época, naquele verão. Eu escrevi a frase, e eu criei o pôster e colei na cidade inteira, e aí as coisas foram ficando esquisitas, e ficou tarde demais para eu tomar uma atitude. E foi por isso que nunca contei para ninguém.

— Você nunca contou *para mim* — retrucou ele. — Você não me contou sobre isso? Caramba!

Estiquei a mão para ele e ele deixou, o que foi uma gentileza, deixou que eu o tocasse. Eu o abracei.

— Eu não contei *para ninguém*, Aaron. Entende? Eu não podia.

— Bom, para alguém você deve ter contado, porque essa moça sabe, né?

— É complicado — respondi. — Ela meio que ficou sabendo, e aí me perguntou, e eu confirmei. E agora ela vai escrever sobre isso. E todo mundo vai ficar sabendo.

— Bom, agora, que merda, espera aí. O Marcus é advogado, então a gente devia falar com ele primeiro.

— Seu irmão lida com imigração, Aaron. Ele não entende nada sobre esse assunto.

— Bom, ele entende o linguajar, né? Poderia escrever uma notificação extrajudicial. Ou processar por difamação.

— Mas Aaron, você não está entendendo? Você me ouviu, né? Fui eu. Eu que fiz. Eu fiz. A beira? Você sabe da beira, né? Fui eu que escrevi. Eu que fiz.

— Bom, me parece difamação trazer esse assunto à tona agora — disse ele, fazendo um grande esforço para me proteger, o que fez com que eu me sentisse muito pior. — Me parece difamatório ou sei lá o quê trazer à tona uma coisa que você fez na adolescência. Não devia ser sigiloso? Devia ser sigiloso porque você ainda não tinha completado dezoito anos.

Junie chegaria em casa em menos de uma hora. Não passaríamos o resto do tempo na internet, pesquisando "histeria coletiva responsabilidade legal prescrição de pena para menores" e lendo vinte páginas de resultados. Era tarde demais para isso. A história já tinha acontecido. Eu já a havia escrito.

— Acho que você devia conversar com a Jules — sugeriu ele de repente, se referindo a minha agente literária. — Você também tem que avisar à sua editora. Porque eles podem não gostar muito dessa história.

— É, acho que vou contar para eles, mas no momento não estou muito preocupada com isso.

— Pode prejudicar suas vendas, sem dúvida — disse ele.

— Eles podem não querer publicar o próximo livro.

— Ok, eu sei que é coisa à beça para processar. Mas você acha que minha editora vai ficar chateada porque a mulher que escreve sobre uma adolescente genial diabólica que toca o terror na cidadezinha dela é a pessoa responsável por esse pânico todo?

— Você é meio que um exemplo...

— Não sou, não. Não sou tão famosa assim, em todo caso. Bom, Aaron? Se concentra. Entende? Estou contando para você. Para mais ninguém. Estou contando para você. Devia ter te contado antes, mas acho que, talvez, daqui a alguns dias, você vá pensar nisso tudo e se dar conta da merda que seria se eu tivesse te contado em qualquer outro momento da nossa relação, que nunca existiu uma boa hora para eu te contar. Ok? E esta também não é *uma boa hora*, eu sei. Mas está acontecendo, e eu estou te contando.

— Mas o que exatamente você está me contando?

— Aaron, é só que fui eu que fiz aquilo, está bem? Fui eu mesma. Eu tenho o pôster original, o primeiro. E depois eu fiz centenas e mais centenas de cópias e colei pela cidade, e as coisas ficaram esquisitas e saíram de controle.

— Eu vi os pôsteres pela cidade — disse ele, de repente.

— Vi um no quadro de avisos da biblioteca. Lembra? Eu te contei que tinha visto. E que bizarrice, né?

— Me lembro disso, sim.

— Foi você que pôs?

— Eu o quê? — indaguei, me esquivando. — Pus o quê?

— O pôster! Você pôs o pôster no quadro de avisos da nossa biblioteca, Frankie?

— Pus — respondi —, fui eu.

— Então você continua — retrucou ele. — Você meio que nunca parou.

— Acho que não — respondi. — Não faço tanto quanto antes, mas, sim, eu ainda faço.

— Por quê? — perguntou ele, quase berrando. — Que doentio, Frankie. E... tem aquela blusa que você usa em casa.

— Nossa, caramba, a *porra da blusa* também não é diabólica nem nada disso, Aaron. Eu não trouxe um objeto amaldiçoado para dentro de casa.

— Mas trouxe, sim — rebateu ele. — Você meio que trouxe. Você tem o pôster.

— Está bem, eu achava que você ficaria bravo porque eu nunca tinha te contado, mas agora parece que você está bravo porque o objeto concreto está dentro da nossa casa. O que é pra lá de bizarro.

— É tudo bizarro! — disse ele. Aaron tendia a gritar quando estava confuso, como se ao erguer a voz, o mundo fosse entender que ele precisava esclarecer algumas merdas antes que elas saíssem do controle. — Eu *estou* bravo porque você nunca me contou, porque você mentiu para mim, mas *também estou bravo* porque você continua colando o pôster e você o guardou dentro de casa, e porque você parece ser obcecada por uma coisa que aconteceu vinte anos atrás.

— Mas aconteceu *comigo* — expliquei. — Aconteceu comigo, então eu *sou* obcecada. É confuso. Não dá para explicar tudo em meia hora e depois ficar tudo bem. Mas, Aaron, eu preciso que você entenda, ok? Não me sinto mal. Não me sinto mal por ter feito isso. E nunca vou me sentir mal por ter feito isso.

— Você se sente mal por nunca ter me contado? — questionou ele, e parecia estar quase chorando.

— Sim. É claro que sim. Mas nunca contei *para ninguém*. Nunca contei para a minha mãe, entende? Nunca contei para mais ninguém. Mas, assim, você teria desistido de se casar comigo?

Aaron se calou.

— Aaron?

— Eu não sei como dizer isso. É como se... Acho que seria melhor se você tivesse contado que me traiu. Faria mais sentido, sabe? Você fez uma coisa, e ela vai transformar as nossas vidas, eu querendo ou não, e eu não sei direito como expressar o quanto eu estou bravo com isso.

— Entendo que você esteja bravo, e sei que você tem todo o dir...

— E estou bravo porque, se essa mulher não tivesse descoberto, você jamais me contaria. Eu teria morrido sem saber.

— Me desculpa. Desculpa mesmo. — Estava prestes a perguntar se ele já tinha feito algo de que se arrependesse, para fazê-lo entender, mas sabia que ele falaria algo do tipo roubar um pacote de chiclete quando tinha seis anos, pois ele era encantador e honesto e nunca tinha mentido para mim sobre nada. Já eu tinha feito gente morrer de insanidade. Apenas parei de tentar me explicar.

— E, eu odeio isso, mas acho que pelo resto das nossas vidas, eu vou saber que teve uma coisa que você escondeu de mim. E acho que nunca vou saber se não tem mais coisa.

Soltei um barulho esquisito, como se estivesse testando se eu ainda estava respirando. Estava.

— Tem mais? — perguntou ele.

— Mais o quê? — Tornei a fazer o barulho.

— Tem mais alguma coisa que você precise me contar? — indagou ele, e eu percebia em sua expressão que ele pensava: *Eu sei que tem mais coisa que você precisa me contar. Isso é um teste, Frankie.*

E é claro que tinha. Tinha Zeke, e tinha tudo o que havia acontecido naquele verão, todos os detalhes que o deixariam fora de si. Tinha mais, é claro que tinha.

— *Tem* mais — admiti —, mas agora eu não dou conta. Quer dizer, eu posso te contar mais, e vou te contar mais, mas preciso de um tempo para entender tudo.

— Por conta própria — disse ele, cada vez mais zangado. — Sozinha.

— Mais ou menos? — respondi. — Se você guarda um segredo por tanto tempo, leva um tempo para desenredar tudo. Preciso que você tenha paciência comigo.

— Você não vai largar a gente, né? — perguntou ele, e parecia estar à beira das lágrimas. — Você não vai virar as costas para a gente e nunca mais voltar, né?

— Não, claro que não. Aaron, não. Você e a Junie são as únicas coisas que têm importância para mim.

— O pôster — disse ele.

— Você e a Junie são as únicas *pessoas* que têm importância para mim — corrigi. — Eu nunca, jamais, jamais abandonaria vocês.

— Está bem — disse por fim, respirando fundo.

— Mas eu vou viajar, assim, *por um tempinho*.

— Frankie, caraaaamba — retrucou ele.

— Eu preciso esclarecer algumas coisas. Tenho que voltar a Coalfield, entende? Preciso contar para a minha mãe. Tenho que conversar com a repórter para ter certeza de que ela entendeu todos os detalhes direitinho.

— Está bem — repetiu.

A cara dele era de derrota total.

Aí estava a questão. Eu meio que tinha feito merda, mas tinha admitido. E agora, se quisesse continuar comigo, se quisesse continuar com nossa vida do jeito que ela era, teria que me deixar ferrar com as coisas um pouco mais. Mas casamento é isso, né? Amor é isso? Torcia para que fosse.

Não queria pensar no que aconteceria em seguida, para ser franca. Sempre havia dependido do fato de que Aaron me achava boa. Eu era boa mãe e boa companheira e boa pessoa. E se ele não pensasse assim, não sabia direito o que eu faria.

E foi então que me caiu a ficha, o resto de nossas vidas. Queria ficar com ele pelo resto da vida, não só naquele momento, mas para sempre. Às vezes passavam-se dias em que ele era o único adulto com quem eu conversava na vida real, e me dei conta de que, até certo ponto, eu não ligava para o resto do mundo porque ele me dava o que eu precisava. E talvez eu tivesse estragado isso. Mas tinha sido necessário. Precisava deixar a história chegar ao fim, e depois eu voltaria e torceria para conseguir contar outras histórias.

— A Junie vai chegar daqui a uns cinco minutos. A Bea mandou mensagem faz um tempinho — avisei.

— Não conta para ela por enquanto — pediu ele.

— Ela não entenderia nadica de nada.

— Eu quero que você se comporte como se estivesse tudo bem — disse ele. — Quero que você durma na nossa cama, combinado? Não quero que você vá para o quarto de hóspedes, faça drama e piore a situação. Eu disse que tudo bem por enquanto, então você tem que ficar normal. Tem que ser boa com a gente.

— Eu não ia dormir no quarto de hóspedes — declarei.

— Bom, *eu* não vou dormir no quarto de hóspedes.

— A cama não é muito boa — admiti.

— Você me ama? — perguntou ele.

— Amo — disse sem hesitação, e foi bom responder a uma pergunta que não exigisse uma constante readaptação do cérebro. — Eu amo, e você sabe que eu amo.

— Ok — respondeu. — Eu acredito em você. — Mas então ele fez uma pausa de alguns segundos e me perguntei se estaria duvidando de mim. Estava prestes a dizer alguma coisa quando ele levantou a mão. — Estou tentando me lembrar da frase — explicou. — Estou tentando me lembrar da frase exata.

— A beira é...

— Não — disse ele. — Eu não quero que você diga. É que... Bom, é, a beira é uma fa... — balbuciou o resto das palavras, assentindo, como se fosse um feitiço, e era mesmo.

Ele ergueu os olhos para mim.

— Você que criou? — perguntou.

— Sim.

— Sua cabeça de adolescente criou? — insistiu.

— Foi — admiti.

E quando Junie irrompeu na sala, segurando uma caixa pela metade de Milk Duds, completamente louca de tanto açúcar, explicando o enredo do filme que tinham acabado de ver, pensei: *Ai, graças a Deus*. O caos que era nossa filha, tão adorável e linda, eu sempre ficaria grata por ele, porque ela exigia que continuássemos vivendo, que continuássemos a seguir em frente, só para não nos deixar comendo poeira. Escutei-a explicar o filme, sem que uma palavra sequer fizesse sentido, mas escutei com a máxima atenção, como se, fazendo muito esforço, eu pudesse entender de verdade.

Quinze

MINHA MÃE ME AGUARDAVA NO ALPENDRE QUANDO ESTACIOnei na entrada da garagem. Estava lindíssima, tinha deixado o cabelo todo grisalho e o cortava curtinho. Usava moletom camuflado Adidas e um tênis excêntrico, uma botina de couro de cobra tropical que eu sabia que devia custar mais de duzentos dólares. Depois de todos os filhos saírem de casa, ela acabou arrumando um emprego bastante lucrativo na Secretaria de Transportes do Tennessee e também começou uma coleção de tênis, coisa que nunca conseguiu me explicar muito bem.

— São bonitos, não são? — dizia, segurando um par de Nike Terminator masculino comprado no eBay, de um tamanho tão grande que jamais o usaria. Disse que as pessoas da cidade viviam fazendo comentários sobre os tênis dela, principalmente os adolescentes, e que isso lhe dava uma sensação boa.

Ela acenou para mim, e retribuí o gesto. Tinha avisado que precisava fazer uma visita de alguns dias, para conversar com ela sobre uma matéria que estavam escrevendo a meu respeito e que talvez precisassem conversar com ela também.

— Ah, tudo bem, que empolgante, acho — dissera ela, embora não entendesse muito bem por que eu precisaria voltar a Coalfield para isso. Mas ela deixou que eu fosse. E ali estava eu.

Não que eu nunca voltasse para lá. Visitávamos minha mãe pelo menos seis vezes por ano, e ela ia ver Junie em Kentucky quando tinha tempo livre. Hobart havia falecido de infarto quando eu tinha vinte e tantos anos, e acho que eles se amavam de verdade, ou, no mínimo, ela o amava mais do que tinha amado meu pai. Nos últimos tempos, andava namorando um cara novo, Hank, ex-treinador de futebol universitário, que era muito gentil com ela e com certeza a amava, mas não moravam juntos. Sempre que eu via Hank, ele estava com uma sacola com livros meus que queria que eu autografasse para presentear diversos parentes e amigos, e isso me fazia gostar um bocado dele.

— Entra logo, meu amor — convidou ela. — Tem café e tem chá adoçado. Tem uns trinta tipos diferentes de bolinho Little Debbie.

— Não precisa — falei, e entramos na sala de estar e nos sentamos.

— Me conta o que está acontecendo — pediu ela. — Me pareceu ser coisa importante. Você nunca mais veio aqui sozinha.

Eu me sentia fraca, como se talvez fosse passar o resto da vida localizando pessoas e contando o segredo a elas. Ou não, seria isso o que a matéria faria por mim. O que eu estava fazendo naquele momento era um presente para mim mesma, contar às pessoas que eu amava, para prepará-las, para que tivessem tempo de me perdoar. *Depois* da matéria, o resto de minha vida seria esbarrar, sem jeito, com as pessoas que conhecia de outras épocas e vê-las ponderar em silêncio o quanto eu era uma transtornada.

— Meu amor? — chamou ela. — Está tudo bem?

— Sabe o pânico? — indaguei. — A repórter está escrevendo sobre ele.

— Nossa! — exclamou minha mãe, puxando as mangas do moletom camuflado. — Caramba.

— É, então, é por isso que ela tem conversado comigo.

— Conversado com você? — perguntou minha mãe. — Só com você?

— Bom, pode ser que esteja conversando com um bando de gente — prossegui —, mas é mais comigo.

— Entendi. Então ela está escrevendo sobre o pânico. E isso tem, sei lá, mais de vinte anos, mas tudo bem.

— E ela está conversando comigo porque fui eu que fiz — declarei. Precisava apenas dizer. Depois de Aaron, que tinha achado que a mãe dele havia *morrido*, me dei conta de que precisava ir direto ao ponto.

— Frankie? — disse ela, me fitando com os olhos marejados.

— Eu que fiz o pôster — contei. — Fui eu que escrevi aquelas palavras. Eu que inventei.

— Ah, meu amor — disse ela, e parecia tão triste por mim, como se sentisse dor ao me ver sentindo dor, e então declarou: — Eu já sabia disso.

— O quê? — indaguei.

Percebi que ela não sentia dor. Ela estava *constrangida por mim*.

— Frankie? Eu sei. Já sabia naquela época. Eu sempre soube. Bom, não sempre, não no comecinho, mas faz muito tempo que eu sei.

— Mas você não sabia — rebati. — Você não fazia ideia. Você achava que tinha sido os trigêmeos.

— No começo sim, é claro, mas depois eu entendi. Você ficou tão esquisita naquele verão; mesmo antes de você tentar se matar no carro...

— Não foi isso o que acon...

— Está bem, bom, você andava tão esquisita, mais do que nunca, e eu entendi. Querida, como seria possível eu não saber? Era você.

— Bom, é, é isso o que eu estou te dizendo. Era eu.

— Eu sei.

— Meu Deus, mãe!

— Foi você e aquele menino por quem você tinha paixonite. Foi... meu Deus, o nome fugiu da minha cabeça. A mãe dele tocava violino. Eu estudei com ela. Caramba, também não me lembro do nome dela.

— O nome dele era Zeke — declarei. — Fomos eu e o Zeke.

— É, eu sei.

Queria que ela parasse de falar que sabia. Tinha causado um curto-circuito em meu cérebro. Estava preparada para revelar o segredo, pedir que me perdoasse por não ter contado e depois tentar protegê-la das consequências. E na verdade ela estava ali no sofá esperando que minha ficha caísse.

— A gente tinha uma fotocopiadora na garagem, meu amor — explicou com a voz suave, como se eu tivesse seis anos de idade.

— Mas ela estava quebrada — retruquei. — Os trigêmeos tinham quebrado.

— Eu sei, e foi por isso que no princípio eu não me dei conta. Mas depois que a situação ficou ruim, eu olhava as caixas de papel em branco e elas estavam sempre mais vazias do que antes.

— Eu não sabia que você se lembrava que a gente tinha uma copiadora. Por que você nunca falou nada? Por que não falou comigo naquele verão, depois que as pessoas morreram? Por que você não me obrigou a parar?

— Bom, levou um tempo para eu descobrir, porque você me confundiu gostando de um menino pela primeira vez na vida, e depois as maluquices já tinham acontecido, o garoto já tinha caído da torre da caixa d'água. E por que eu iria querer que você se sentisse mal por isso? Você nunca mencionou nada, então eu também fiquei de boca fechada.

— Você sempre soube — reafirmei.

— E, meu amor, talvez eu tivesse falado alguma coisa se você tivesse feito besteira com a sua vida. Se você nunca tivesse conseguido se recuperar daquele verão, eu te falaria que a culpa não foi sua, de nada daquilo, e que eu achava lindo o que você e o Zeke tinham feito. Mas você se casou, teve a Junie, é uma autora publicada e é um sucesso. Então não precisei falar nada. E como você não falou nada, eu torcia para você ter se esquecido ou deixado para trás.

— Mas eu não deixei para trás — confessei, e então caí no choro. — Eu penso nisso todo santo dia. Eu repito todo dia, três ou quatro vezes por dia.

— Bom, você continua viva. Foi você quem fez. Está tudo bem — disse minha mãe, e agora ela também chorava.

— O Hobart sabia? — perguntei.

De repente isso me pareceu importante.

— Ele não fazia ideia, meu amor — respondeu ela. — Você acha que o Hobart, que Deus cuide de sua bela alma, seria capaz de perceber? Nossa, não. Só eu.

— E tudo bem? — indaguei.

— Tudo bem o quê? — questionou minha mãe.

— Se eu contar para as pessoas agora. Bom, a moça vai contar para as pessoas, a história vai vir a público. Eu quero saber se para você tudo bem. Você continua aqui, em Coalfield. Fico com medo de as pessoas te odiarem.

— Me odiarem? — disse ela. — Foi vinte anos atrás e eu era uma mãe solo criando quatro filhos insanos. Não, está tudo bem. Eu tenho passe livre nesse caso.

— Mas teve gente que morreu — reconheci.

— Você não as matou, meu amor. Você criou um troço. E as pessoas enlouqueceram, fizeram esquisitices e teve gente que morreu. Eu bem que gostaria que não tivesse acontecido. Gostaria que você tivesse escrito um diário e pronto, mas tudo bem. Era lindo, e aí outra pessoa, o resto do mundo, transformou ele em uma coisa que não era linda.

— Você vai ficar legal? — indaguei.

— Eu sou a avó que usa Air Jordans, meu amor. Está tudo bem. Eu vou ficar bem. *Você* vai ficar bem?

— Vai saber — respondi. — O Aaron está bem confuso. A Junie não vai entender e não vai ligar, mas talvez ela fique encafifada mais tarde. Eu não... Não sei de mais ninguém. Eu tenho amigos e eles vão ser muito educados ao falar do assunto e vão achar meio bizarro, mas eu só quero que você, o Aaron e a Junie, as únicas pessoas que eu amo de verdade, não se machuquem por eu ter feito esse troço.

— Repetindo: quando você tinha dezesseis anos, meu amor. Está tudo bem. Não é um problema. — Ela me encarou durante alguns segundos. — Sendo franca, eu achava que a gente jamais falaria desse assunto. Imaginei que nós duas fôssemos morrer sem contar para ninguém.

— O plano era esse! — declarei, e então me recordei. — Ah, sabe quem mais sabia? O sr. Avery.

— O Randolph Avery? Por que cargas-d'água? Como assim?

— Te conto depois — disse. — Aliás, você acha que seria esquisito eu conversar com a irmã dele?

— Seria, meu amor. Muito, super, extremamente esquisito. Não seria bom. Ela está muito, muito, muito velhinha.

— É que... Eu preciso procurar uma coisa na casa dela. Que é minha. Daquele verão, entende? É a minha mochila. Ele guardou para mim depois de descobrir os pôsteres. Quero ver se ainda está lá.

— Nunca na vida ouvi uma ideia pior do que essa, Frankie. Meu Deus, você está bem?

— Eu acho que vou dar uma chegadinha lá — falei. — Não vou conseguir me segurar. Eu preciso achar a mochila.

— Frankie? Estou te implorando para não ir lá. É uma maluquice. Além do mais, tem uma enfermeira que mora lá, que está sempre lá. Bom, lembra que eu disse que você não foi a responsável pela morte daquela gente toda? E, tudo bem, Frankie, pode ser... se você incluir o mundo inteiro... pode ser que muita gente tenha morrido. E *essa culpa não é sua*! Mas se você matar a sra. Avery tentando reaver uma mochila de vinte anos atrás, a culpa *vai* ser sua.

— Está bem, eu enten...

— E que importância isso tem? Você disse que a moça já sabe. Ela vai escrever a matéria, não vai? Que importância tem você pegar a mochila de volta?

— Sei lá... — respondi, inquieta.

Mas meio que sabia, sabia com todas as minhas forças. Queria mais provas. Se era para reivindicar o crédito, queria mais indícios. Era uma coisa estranha ter escondido aquilo por tanto tempo e agora ficar paranoica com a ideia de que ninguém acreditaria em mim.

— Está bem — continuei. — Desculpa. — Mas, na verdade, eu pensava que poderia pedir à Mazzy que visitasse a sra. Avery, que talvez *ela* conseguisse reaver a mochila. Precisava me acalmar. Eu tinha ido tão rápido do pavor de ser descoberta a uma ansiedade extrema com a possibilidade de ser considerada uma idiota, uma impostora. Resolvi que queria alguns bolinhos Little Debbie, e minha mãe me serviu duas caixas, o crocante e o de aveia, devorei dois de cada, e por alguma razão isso botou um sorriso no rosto dela.

— Você sempre amou essas besteiras — observou ela —, Pop-Tarts, Zingers e Little Debbie.

— Bom, a casa estava sempre cheia disso — falei.

— E agora você mal deixa a Junie comer essas coisas — disse ela.

— Se a Junie comesse um Zinger — expliquei —, ela sairia voando pelos ares e explodiria feito fogos de artifício. Destruiria a cidade de Bowling Green que nem um Godzilla.

— Meu bem? — chamou ela. Os bolinhos tinham me acalmado, me forçado a respirar, a mastigar, e me sentia como se tivesse dezesseis anos outra vez, sentada na sala de casa. Quando olhei, ela me perguntou: — E o Zeke?

— Sei lá — admiti. — Preciso achar ele. Tenho que contar para ele.

Fazia muito tempo que eu vinha adiando essa parte, não sabia o que dizer, o quanto dizer. Assim que entrei na faculdade, fiz minha primeira conta de e-mail, e na primeira vez que pude navegar na internet por conta própria, eu o procurei. Mas não sabia o nome dele. Sabia que o nome do meio era

Zeke, mas era o nome que ele estava tentando usar naquele verão, ou pelo menos era o que tinha me falado. Não fazia ideia se continuava usando o nome ou se, tentando apagar todos os rastros daquele verão em Coalfield, ele usava o primeiro nome, que nunca perguntei e ele nunca me disse qual era. Às vezes chegava a me questionar se não lembrava errado do sobrenome dele, se era mesmo Brown. E como a internet não era tão onisciente naquela época, escrever *Zeke Brown* e *Memphis* não dava em muita coisa.

Mas eu continuava pesquisando, com alguns meses de intervalo entre uma busca e outra, primeiro no AltaVista, no Excite e no Yahoo!, depois no Google, e eu clicava em todos os resultados, mas não havia nada. Entrei no Friendster, depois no MySpace e depois no Facebook, apesar de nunca ter mantido uma conta nas redes sociais, embora continuasse não usando nem o Twitter nem o Instagram, porque não queria e não tinha necessidade de usar essas redes. Mas eu o procurava. Nada, ou nada que, depois de uma cavoucada mais a fundo, fosse ele mesmo. A certa altura, depois de lançar meu primeiro livro, quando tinha dinheiro, pensei em contratar um detetive, mas achei que seria errado, que se Zeke quisesse que eu o encontrasse, ele não me obrigaria a envolver outras pessoas.

Com o tempo, a pesquisa por Ezekiel Brown enfim me levou a possibilidades reais. Havia um Benjamin Ezekiel Brown, nascido no mesmo ano que Zeke, e a cidade de Memphis estava em um dos sites pagos que disponibilizava fichas criminais e pareciam ser golpe. Talvez tivesse passado um tempo em Knoxville. Às vezes achava o nome dele vinculado a um endereço na Carolina do Norte. Mas nada que eu conseguisse especificar. Ben Brown não era um nome fácil de pesquisar. Quando a avó dele faleceu, depois de se mudar para uma casa de repouso em Nashville, só fiquei sabendo meses depois, visitando minha mãe, e nenhum jornal publicou seu obituário. Desisti. Ou melhor, sempre procurei, mas parava quando sentia que era necessário dar um próximo passo, de fato contatá-lo, ligar para um telefone qualquer e torcer para que fosse ele. Para ouvir a voz adulta dele, para ouvir alguma coisa nela que me dissesse que era Zeke, eu não conseguia ter forças. Estava esperando ele me dizer que estava pronto para conversar. Mas acho que ele nunca quis conversar. Nunca quis que eu o achasse. E agora era necessário. Porque, se eu contasse tudo a Mazzy, alguém o encontraria. E considerava cruel fazer isso com ele, deixar que outra pessoa lhe contasse que sabiam do segredo. Tinha que ser eu, ninguém no mundo além de mim.

NA TARDE DO DIA SEGUINTE, EU ME INSTALEI NO QUARTO QUE era meu na infância, que minha mãe havia transformado em um showroom de tênis, com um monte de prateleiras da IKEA, os tênis em verde-néon e preto buraco negro e o tipo de branco que sujaria no mesmo instante se a pessoa fizesse o mínimo de pressão com a ponta do dedo. Dentro do armário, procurei a parte do rodapé, a pequena fresta, e achei meus pôsteres dobrados, o papel amarelado, e os deixei ali mesmo, uma proteção mágica para minha mãe.

Sabia que poderia me empenhar mais para achar Zeke, mas não iria contratar ninguém, não conseguia me imaginar tentando explicar a história a um detetive que ficaria se perguntando se eu não era uma ex-namorada obsessiva, com vontade de me falar que eu não precisava inventar uma história de arte marginal e pânico satânico e espírito colaborativo genuíno. Ele só precisaria de uns bons mil dólares para matar o cara ou sei lá o quê.

E portanto, por cinco horas, sem parar, eu tentei de verdade, anotei todas as informações que a internet me dava, até as que se referiam a pessoas que obviamente não eram Zeke, como alguém da Geórgia que havia falecido em 1982, só para o caso de servirem de pistas dele. Salvei nos favoritos e copiei e colei, verifiquei a distância entre Coalfield e lugares como Eastland Heights, na Geórgia; e Bluffton, na Carolina do Sul; e Medford, no Oregon, rezando para encontrar alguma foto daquele garoto desajeitado. Entrei em fóruns dedicados ao pôster, onde já havia me registrado mas nunca comentado, e procurei o nome "Zeke", mas não obtive resultado algum, assim como não tinha obtido em qualquer uma das centenas de vezes que tinha feito aquilo. Procurei "Memphis" e "violino" e "escola de artes" e "Cydney Hudson", o nome de solteira da mãe dele, mas não havia nada novo, nada que me aproximasse de encontrá-lo. Eu nem sequer tinha uma foto dele naquele verão, não tinha nem pensado nisso, ou talvez presumisse que teríamos mais tempo, e agora só me restava tentar guardar a imagem dele na cabeça, não deixar o tempo desbotá-la ou alterá-la. A sensação era de que tinha me saído bem, ainda conseguia vê-lo com nitidez, mas vai saber até que ponto era parecida com a realidade. Como o verão inteiro ainda me parecia uma alucinação, um conto de fadas, talvez eu tivesse uma lembrança errada de todos os detalhes dele. Quer dizer, levei um bocado de tempo para descobrir o nome completo. Como poderia ter certeza de como eram os dentes dele? Mas eu tinha. Sabia que tinha acertado nisso.

Quando terminei, tinha três lugares que pareciam factíveis, todos que eu já tinha visto antes, e seis números de telefone diferentes. Nenhuma foto. Nenhuma ideia dos empregos ou estudos ou se se ele era casado e se tinha filhos. Essa era a beira. Eu estava na beira, e tinha que ir além se quisesse achá-lo.

Depois de uns vinte minutos de conversa por telefone com Junie sobre uma boneca rara que ela tinha achado por trezentos dólares no eBay, e após conversar com meu marido para garantir que Junie não conseguisse usar chantagem emocional para convencê-lo a comprar a boneca, que tinha tinta verde escorrendo dos olhos e vestia um casaco em Tecnicolor, me acomodei em meu antigo quarto e semicerrei os olhos até minha cabeça doer. Respirei fundo várias vezes, até ficar tonta, e então liguei para o primeiro número da lista, com o prefixo de Knoxville. Quase caí no choro quando tocou, e soltei um barulho parecido com um latido quando tocou uma segunda vez, e não me recordo do terceiro e do quarto toques, mas aí entrou uma secretária eletrônica, que disse: "Aqui é a Lydia, deixe um recado e *talvez* eu retorne a ligação", e fiquei ali parada, atônita. Ouvi um bipe, e eu não estava respirando, não estava fazendo barulho algum. Quase falei a frase, quase, mas apenas desliguei. Risquei o número com a caneta. Queria estrangular Lydia. Ia ligar para o próximo número quando o telefone tocou, e o larguei, xinguei, e o peguei de novo.

— Alô — falei.

— Você acabou de me ligar — disse Lydia, não uma pergunta, mas uma declaração. A voz não tinha o toque bem-humorado e provocante da mensagem da secretária eletrônica.

— Foi? — indaguei.

— Foi — disse ela —, você ligou. Ou alguém no seu número. Identificador de chamadas.

— Ah, sei, eu liguei — admiti. — Percebi que era o número errado quando ouvi a sua mensagem.

— O que você queria? — questionou Lydia.

— Hmm?

— Por que você ligou para mim? — perguntou ela.

— Ah, é que, bom, eu estava tentando falar com outra pessoa.

— Como foi que você conseguiu este número? — pressionou ela.

Caramba, Lydia era implacável.

— Eu não consegui. Devo ter discado errado. Entende? Tipo... número errado.

— Então está bem — disse ela, e parecia não acreditar em mim.

— Bom... — falei, porque precisava ter certeza, assim nunca mais telefonaria para Lydia.

— Sim?

— Um Zeke mora aí? Ou um Ben?

— Zeke e Ben? — perguntou ela, muito desconfiada de mim.

— É a mesma pessoa. Talvez ele use Zeke e talvez use Ben. Ou Benjamin, imagino eu.

— Não, não tem Ben, não tem Zeke, não tem Benjamin nem ninguém assim. Só eu.

— Ok, então, me desculpa.

— Quem te deu esse número? — perguntou ela.

— Lydia? O que é que há? Ninguém me deu. Eu devo ter discado errado. Mil desculpas.

— Como você se chama? — perguntou ela, mas eu desliguei. Meu celular tocou de novo e recusei a ligação e bloqueei o número. Não poderia ter sido pior. Bom, não, acho que poderia ter sido Zeke e ele poderia ter me mandado pular de um penhasco. Mas pelo menos eu não precisaria dar outro telefonema.

Depois de alguns minutos andando de um lado para o outro, olhando para os tênis que minha mãe usava, passei ao número seguinte, com prefixo 919, da Carolina do Norte, e ouvi uma mensagem de secretária eletrônica que não era de Zeke. Tentei o número do Oregon. Nada. Tentei o telefone da Geórgia, e um garoto falou que era engano. Tentei alguns outros que nem pareciam plausíveis e os resultados foram iguais. E acabaram-se os números.

E houve um breve instante, um instante que eu nunca havia me permitido ter, em que imaginei que Zeke estivesse morto, que tivesse desaparecido, e não importava quanto tempo passasse procurando por ele. Foi uma frestinha tão curta, em que ele foi de sumido a morto, e então eu o trouxe de volta, o garoto na piscina, o lábio cortado, comendo a melancia, porque essa era a grande questão. Ainda que só em minha cabeça, precisava que Zeke existisse para seguir em frente.

Procurei o nome da mãe dele, não o de solteira, mas Cydney Brown, em Memphis, e não tive dificuldade de achar, era um número que eu já tinha visto diversas vezes, mas nunca quis falar com ela porque não queria essa barreira entre mim e Zeke. Sempre tive a impressão de que o destino levaria Zeke para meu mundo, mas isso não tinha acontecido. E agora eu precisava dele. Disquei o número.

Tocou uma vez, e Zeke atendeu. Era ele, eu soube na mesma hora. Não era a voz de que me lembrava, mas era ele. Por que foi assim tão fácil? Por que eu não tinha tentado isso anos antes? E então fiquei tão nauseada, o verão inteiro me invadindo, e entendi muito bem por que eu nunca tinha tentado.

— Alô? — disse ele.

— Zeke? — perguntei, chocada por ouvir a voz dele.

— Alô? — repetiu, confuso. — Quem é?

— Zeke, é...

— Frankie?

— Isso — respondi, e eu chorava. Fazia tanto tempo, e ao ouvi-lo falar meu nome eu senti o mundo parar por um segundo. Não conseguia respirar.

— O que você está fazendo? — questionou ele. — Por que está ligando para mim? O que está acontecendo?

— Zeke — falei, mas continuava sem respirar.

Meu peito estava apertado. Achei que estivesse sofrendo um infarto, mas era só um ataque de pânico. Era só minha vida inteira se abrindo.

— Pra que isso, Frankie? — perguntou ele.

Ouvi outra voz pelo telefone, de uma mulher mais velha, e ela indagou:

— O que foi?

E ele respondeu:

— É a Frankie, mãe.

— Desliga — mandou ela.

— Tenho que ir — anunciou Zeke, mas eu ainda ouvia a respiração dele e fazia muita força para não dizer a frase.

— Frankie — chamou —, você ainda está aí?

Desliguei o telefone.

Atirei o aparelho longe, puxei as pernas junto ao peito, tentando me acalmar. Você sabe o que eu estava dizendo a mim mesma, né? Eu dizia a frase. Repetidas vezes. Esperava o telefone tocar, Zeke me procurar, agora que eu o havia encontrado. Mas o telefone permanecia em silêncio. A casa estava em silêncio.

Eu me encolhi, os olhos fechados. Vi o pôster mentalmente, as mãos esticadas. Não sabia de quem eram as mãos. Eram minhas? Esperava que não. Eu me embalava. Rezava para que minha mãe não fosse me ver. Não fazia ideia se ainda existia alguma coisa no mundo. Meu quarto voltou a ser como antes, meus pôsteres idiotas e as roupas sujas, papéis de bala pelos cantos, e voltei a ser uma adolescente, o calor do verão deixando tudo ondulado, pouco antes de eu conhecer Zeke. E me permiti viver naquele espaço temporário, antes de tudo acontecer. E a sensação foi tão boa, e me perguntei por que tinha continuado viva, por que eu tinha abandonado aquele momento. Adormeci e, quando acordei, às quatro da madrugada, olhei meu telefone. Tinha voltado ao mundo real. Zeke havia sumido outra vez.

Mas eu o encontrara. Ele não poderia desaparecer. Eu tinha o número dele. Tinha o endereço. Só precisava discar o número de novo. Poderia ligar para sempre, apertando o botão, várias e várias vezes, até puxá-lo de volta para o mundo que tínhamos criado juntos. Eu me perguntava o que ele estaria fazendo naquele instante, o que devia estar pensando. Ele morava com a mãe, talvez. Ou ela morava com ele. Eu não sabia direito.

Ele não fazia ideia da existência de Mazzy Brower, ou da matéria, ou que eu tinha confessado ter feito o pôster. Só sabia que a garota do verão em que talvez tivesse estragado sua vida havia telefonado do nada. Sabia que para ele era uma surpresa. Tinha que ser. Era eu quem tentava *achá-lo*, quem tinha se preparado, e quando ouvi a voz dele, perdi a cabeça. Torcia para que ele estivesse bem. Torcia para que soubesse que eu não estava tentando fazê-lo sofrer, mas como ele poderia saber? Talvez precisasse morrer de medo de mim.

E só existia uma forma de descobrir. Ainda estava escuro lá fora, mas arrumei minhas coisas e deixei um bilhete para minha mãe, dizendo aonde eu estava indo e que telefonaria de manhã, que traria Junie para visitá-la em breve. Em seguida, entrei no carro, dirigi, indo ao encontro de Zeke, a beira, a beira, a beira, a beira.

Dezesseis

FAZIA DUAS HORAS QUE TINHA COMEÇADO O TRAJETO DE quatro horas e meia quando minha mãe telefonou.

— Frankie! — disse ela. — Caramba, por que você não esperou o sol raiar? Eu fui ao seu quarto e é como se você tivesse ascendido aos céus. Que nervoso.

— Eu deixei um bilhete, mãe — declarei, tentando continuar acordada, grata pela distração, mesmo ela sendo tão sem jeito.

— Você deixou o bilhete em seu quarto, meu amor — respondeu ela. — Então eu só *vi* o bilhete *depois* de achar que você tinha sido raptada. Você tem que deixar o bilhete em *meu* quarto ou na cozinha, combinado? No futuro, você deixa o bilhete em um lugar mais à vista.

— Desculpa, mãe — falei. — Eu não estava pensando direito.

— Então você decidiu ir a Memphis dirigindo sem estar pensando direito? Meu amor, está parecendo aquele verão todo de novo. Você no carro, e sozinha, e... toma cuidado. Gostaria que você tivesse deixado eu te acompanhar. Eu meio que achava que a gente ia viajar juntas.

— É que eu acho que preciso disso para estar pronta para qualquer coisa que vier.

— Sua vida? Né? O resto da sua vida com seu marido e sua filha? Quando você diz uma coisa, meu amor, que nem "qualquer coisa que vier", você não passa muita segurança, entende?

— Mãe! Caramba, é claro que estou falando do resto da minha vida. Minha vida inteira. Só voltar para Bowling Green e ficar com o Aaron e a Junie e escrever meus livros e, sei lá, ser desmascarada como a doida que causou um pânico nacional.

— Você poderia pelo menos me mandar o endereço de onde você vai? Para eu dar à polícia caso você desapareça? Para eu poder ir lá? Espera, se eu saísse agora...

— Mãe! Está tudo bem. Tudo bem. Eu preciso disso. Vou te mandar o endereço.

— É o Zeke mesmo? — perguntou ela. — Tem certeza de que é ele?

— É ele, sim. Estou indo me encontrar com ele. Vou contar e avisar o que está acontecendo, e depois eu vou para casa.

— Está bem — disse ela. — Se eu não consegui te frear naquela época, que dirá hoje em dia. Nenhum de nós é o paladino da moral, acho que é isso que estou tentando dizer. Por favor, por favor, por favor, toma cuidado. Você tem spray de pimenta?

— Não, não tenho. Não preciso de spray de pimenta.

— Eu tenho vinte na cozinha. Você poderia ter levado um deles.

— Não quero. Não para conversar com o Zeke. É melhor eu ir. Vou ter que abastecer o carro na próxima saída.

— Meu amor? — chamou ela. — Tem alguma importância você contar para ele? Você não o vê há séculos. Não conhece ele. Não de verdade. É só falar para a repórter que o Zeke te ajudou que as coisas vão seguir o rumo natural. Talvez seja melhor a moça falar com ele. Talvez seja melhor, sendo sincera.

— Eu já liguei para ele. Ele ouviu minha voz. Eu preciso contar.

— Eu gostaria que você não fizesse isso, mas tudo bem. Acho mesmo que era para termos ido juntas. Se você esperar numa parada, eu...

— Preciso ir, mãe — afirmei. — Vai dar tudo certo. Eu te mando o endereço. Mando uma mensagem quando acabar. Está tudo bem.

Desci do carro ao parar em um posto de gasolina e comprei Pop-Tart e refrigerante. O posto estava vazio, havia apenas o caixa, que via TV, portanto fui ao carro e peguei um dos pôsteres, fita crepe e voltei à loja, entrando no banheiro feminino. Colei-o no espelho e o fitei por dez segundos, deixando que me inundasse. Por que sempre funcionava? Por que eu me importava tanto com isso? Eu não questionava. Ou não questionava mais a fundo. Deixei que atuasse sobre mim, o mundo desaparecendo e me enredando. E depois sumi.

EM MEMPHIS, O ENDEREÇO ME LEVOU À MESMA CASA DAQUELE verão, o chalé em Central Gardens. Torcia para que não fosse a mesma casa, já que em minha última vez ali, eu tinha presenciado uma violência esquisita, muito caos. Nem cogitei ir embora, mas pensei em Zeke, aquele adolescente desengonçado, e naqueles acessos de raiva, e tive medo. Desejava não ter, mas tinha.

E então, antes de eu sequer saltar do carro, Zeke estava no alpendre, me encarando. Passados vinte anos, é claro que a pessoa está diferente, mas na verdade eu só estava um pouco mais gorda e com a pele mais lisa. Continuava sendo eu, e se você me visse quando era adolescente, nada lhe causaria espanto ao me ver agora. Zeke estava muito magro, só músculo e osso, como quem corre maratonas ou escala montanhas. As feições eram mais harmônicas e agora ele estava mais para bonito do que desengonçado, o que me entristeceu um pouquinho, para ser sincera. Ele parecia ser uma dessas coisas: um homem que fazia mesinhas de centro com madeira tirada da água e as vendia por três mil dólares ou um homem muito, muito desconfiado quanto ao Onze de Setembro. Acho que imaginei, e foi uma idiotice imaginar isso, que Zeke ainda seria adolescente, que estaria igual às minhas lembranças. E isso tornou mais difícil que eu saísse do carro, andasse até ele, pois era alguém que eu não reconhecia. Acenei para ele, ou levantei a mão, e ele assentiu, como se estivesse me esperando, mas torcendo para eu não aparecer.

— Ei — falei ao abaixar a janela.

Ele me encarou por alguns segundos: vi um lampejo de medo no rosto dele, mas depois, enfim, relaxou.

— Ei — respondeu Zeke. — Ei, Frankie.

— Faz um tempão que eu não te vejo — comentei, e me perguntei como era possível que tudo o que eu falasse soasse tão bobo, tão desimportante.

Queria dizer "Senti saudades", mas não era verdade, agora me dava conta. Sentia saudades do Zeke adolescente. Aquele cara era um desconhecido. Era a pessoa com quem eu precisava conversar para reaver Zeke. Desci do carro e me aproximei dele.

— Faz 21 anos — disse ele.

Da última vez que havia chegado tão perto dele, meu braço tinha se partido quase ao meio, minha boca sangrava, meu mundo tinha sido destruído. Eu sentia meu coração bater muito rápido.

— Você ainda usa o nome Zeke ou você voltou...

— Eu uso Ben — explicou ele.

— Vai ser bem difícil eu te chamar assim — confessei.

— Não tem problema — admitiu, muito encabulado. — Pode me chamar como quiser.

— Posso conversar com você? — perguntei. — É importante.

Naquele exato instante, a mãe de Zeke apareceu no alpendre. Não sorria, mas tampouco parecia zangada. Tocou no ombro de Zeke, e ele se virou para olhá-la. E então, puta merda, o pai dele saiu, apoiado em uma bengala, e perguntou a Zeke se estava tudo bem. Eu não conseguia acreditar que ainda estavam casados. Ou talvez não estivessem. Por que Zeke ainda estava morando com eles? Acho que eu precisava entrar para, quem sabe, descobrir. Não gostei do fato de que a união dos pais desviasse meu foco de Zeke. Esperei que me dessem permissão, pois não entraria se Zeke dissesse não. Quer dizer, mais tarde eu jogaria uma pedra na janela deles com um bilhete explicando tudo, mas não entraria na casa sem a aprovação de Zeke.

Ele respirou fundo, olhou para os pais e concordou.

— É, entra — convidou.

— Foi difícil te encontrar, para ser sincera — falei, ainda imóvel, e ele sorriu por uma fração de segundo, e vi aqueles dentes esquisitos e fiquei feliz na mesma hora, me acalmei, embora ele tenha retomado a expressão fria logo depois.

— É, mais ou menos, né? — disse ele. — Estou na casa onde eu fui criado. Não fui embora.

— Bom, tudo bem, mas foi difícil achar você online.

— É, é verdade.

— Você queria que as pessoas não te achassem? — indaguei.

— *Ninguém* está tentando me achar — disse ele, sorrindo de novo. — A não ser, sabe, você.

— Bom — declarei —, eu te achei.

— Achou.

— Querido, que tal a gente entrar? — sugeriu a mãe dele, olhando ao redor como se uma multidão nos observasse da calçada. — Olá, Frankie — ela me cumprimentou.

— Oi, sra.... bom, olá. E olá, sr. Brown. Não sei se o senhor se lembra de...

E a família toda riu, uma risada genuína, pelo fato esquisitíssimo de eu ter lhe dado um chute forte no joelho enquanto o filho tentava matá-lo.

— Eu me lembro de você — disse o sr. Brown. — Muito bem.

Olhei para a bengala, meus olhos muito arregalados, e ele fez que não.

— Isso foi bem depois — afirmou ele. — Foi um derrame.

— Ah — falei —, que bom. Quer dizer, não, não bom que o senhor tenha sofrido... O senhor me parece bem. — Eu me voltei para Zeke. — Você sabe por que eu estou aqui? — perguntei. — Dá para imaginar?

— Nossa, Frankie, sim, dá para imaginar. Aqui, vem... entra.

Sem jeito, a família inteira se arrastou casa adentro, e houve um instante em que me dei conta de que poderia entrar e Zeke e os pais poderiam me enfiar em um quarto escondido e o segredo continuaria sendo segredo. Mas me lembrei da minha mãe, daquele bando de sprays de pimenta, do endereço no telefone dela, e soube que estava a salvo.

— Frankie, aceita um café? Um muffin? — ofereceu a mãe dele. Era a primeira vez na vida que ela se dirigia a mim.

— Não precisa — respondi. — Tomei um Mountain Dew e comi uns Pop-Tarts durante a viagem.

— Pop-Tarts — repetiu Zeke, como se aos poucos fosse se lembrando de mim, como se tivesse amnésia e minha presença lhe trouxesse tudo de volta.

Ainda havia algo estranho nele, a vagarosidade com que parecia reagir a mim, mas achava que era justificado. Não o via há tempos e agora estava ali. Tinha passado esse tempo todo sonhando em trazê-lo de volta, e ele estava bem ali. Durante todo esse tempo que tinha sonhado em trazê-lo de volta, acho que nunca pensei que, na verdade, seria eu quem voltaria para ele, chamaria atenção para mim. Era tudo muito bizarro. E isso era reconfortante, como se a bizarrice fosse um fio que nos ligasse, tudo o que realmente sabíamos um do outro, a sensação que um trazia ao outro de que o resto do mundo não era real.

— Bem, melhor deixarmos vocês a sós, ou você quer que a gente fique? — perguntou o sr. Brown.

— Talvez... Acho que talvez seja bom ficarmos a sós. Eu chamo se precisar de vocês — respondeu Zeke.

— Ou — disse a mãe dele — pode ser melhor a gente conversar com a Frankie primeiro. — Ela assentiu para o marido. — A gente pode conversar com ela e ver o que ela veio fazer aqui e depois a gente te fala.

A ideia me soou profundamente infeliz, muito dolorosa, e rezei para que Zeke não aceitasse. Não queria uma escolha.

Sempre tínhamos ficado a sós. Mas, puta merda, talvez essa não tivesse sido uma boa ideia.

— Não — respondeu Zeke —, está tudo bem. A gente vai conversar.

— Bom... estamos na cozinha — anunciou o sr. Brown, sorrindo para mim.

— Comendo muffin e tomando café — completou a mãe de Zeke.

— Muffin de quê? — perguntei.

— De banana — respondeu ela no mesmo segundo. — Você não aceita um mesmo?

— Não — respondi. — Nem sei por que perguntei... foi só curiosidade.

— Banana — repetiu a mãe de Zeke, assentindo, muito segura de si.

Depois que eles se retiraram, Zeke apontou para o sofá e eu me sentei, e era um sofá muito macio. Meio que me afundei nele, e meus pés ficaram suspensos, e Zeke se sentou na poltrona de couro laranja que o acomodava perfeitamente. Tentei me reinstalar, mas o sofá ficava arrastando minha bunda mais para perto das almofadas. Talvez fosse um sofá-cama? Não sei direito. Era uma posição ruim de se estar, não era o tipo de mobília que alguém iria querer para esse tipo de reencontro.

— Então... — comecei a falar, mas é claro que foi no exato instante em que Zeke também começou.

— Eu li seu livro — disse ele.

— Ah, uau — respondi.

— Gostei. Li todos eles. São todos ótimos. Acho que gosto mais do primeiro, porque me lembro de você escrevendo.

— Acho que eu meio que torcia para que você lesse — confessei.

— Eu li. — Ele se calou por um instante. — Você é casada, né? Tem uma filha. Juro que não andei pesquisando sobre você. Eu... só... é isso o que está na biografia do livro.

— Não, tudo bem. Quer dizer. Eu pesquisei você na internet, então tudo bem. Sou casada. E tenho uma menina. Só uma. A Junie.

Ele assentiu, como se a conta fechasse.

— E você tem... você é... tipo... — Eu não sabia o que perguntar. Ele estava na casa onde havia passado a infância. Que vida ele tinha? Por que eu era tão esquisita? Eu desejara aquela situação. Queria saber, mas agora me parecia tão estranho estar perto dele e perceber quanto tempo havia se passado.

— Não, não, eu *não* sou casado — declarou ele. — E não tenho filhos. Não.

— Ah, ok — falei.

— Tenho namorada — disse ele. — Quer dizer, eu tive algumas, mas tenho uma agora. Nita. Ela é professora. É ótima.

— Que bom, Zeke.

— É — concordou.

Ia perguntar sobre trabalho quando ele me interrompeu.

— Eu moro aqui com minha mãe e meu pai — explicou ele. — Quer dizer, não morei sempre. Já morei em outros lugares. Fiz faculdade de artes. Me mudei um bocado. Mas... sei lá. Tive uns problemas. Acho que ainda tenho.

— Não tem problema, Zeke — respondi. Ele parecia muito constrangido, e fiquei magoada por ele achar que eu o julgaria.

— Fui diagnosticado como bipolar, mas levou um tempo. No começo, acharam que poderia ser outra coisa. Demorou um tempão para entenderem tudo. Os hospitais... O remédio, sabe? Foi um monte de remédios diferentes porque alguns deles são péssimos. E eu me mudava para um lugar e me assentava, mas aí acontecia alguma coisa ou eu não me sentia bem, e então eu voltava para cá. Então agora eu fico aqui mesmo. Me faz bem. Todos os meus médicos são daqui. Eu conheço bem as coisas.

— Que bom — falei. — E sua mãe e seu pai estão... assim... eles ainda estão juntos?

Ele riu, o que me deixou muito feliz.

— É, estão... É bizarro, mas quando a gente voltou para Memphis, meu pai meio que se deu conta de que tinha sido horrível com a gente. Ficou se sentindo péssimo. E tomou jeito. Ajudou a cuidar de mim. E acho que eles se amam de verdade. Passo muito tempo com eles, então acho que dá para eu saber. É melhor do que... bom, é melhor do que antes.

— O que você faz? Ou melhor, você trabalha? Ou...

— Faço coisa de arte — respondeu ele. — Desenho para várias empresas de histórias em quadrinhos.

— Espera aí, o quê? — exclamei. — Que legal, Zeke.

— Desenho muito para a Marvel. Eu desenhava para a DC. Eu não sou exatamente o que eles querem em termos de arte, mas me dei conta de que sou muito bom de tracejado, entende? Eu sou bom em pegar o trabalho dos outros e melhorar. E me faz bem, já ter alguma coisa para eu trabalhar em cima, assim eu não me empolgo.

— Não vi seu trabalho na internet — falei. Queria pesquisar ali mesmo, com meu celular, mas eu o encarava, me esforçando para reconciliar o Zeke de que me lembrava com a pessoa a minha frente. Quanto mais ouvia sua voz, mais fácil era.

— Eu uso minhas iniciais — explicou ele. — Tipo a assinatura nas pichações? É BEB. Mas mesmo assim você não vai achar muita coisa minha na internet. Desenhar não é muito glamouroso. Não é um tema sobre o qual as pessoas escrevam.

— Ele se calou por alguns instantes, olhando nos meus olhos.
— Mas sou bom nisso. Eu sei que sou.

— Aposto que é — concordei, pensando, é claro, é óbvio, no pôster, naqueles traços.

Tinha quase me esquecido de por que eu estava ali; estava tão impactada por estar perto dele, o tempo me parecia tão estranho nesse momento. E sabia que de certo modo o que eu ia falar estragaria tudo.

— Zeke, é que...

— Eu quero pedir desculpas — declarou ele de repente, erguendo um pouquinho a voz, que falhava. Zeke me interrompia sempre que eu ia dizer o que precisava dizer, como se tivesse medo do que seria. — Me desculpe mesmo, Frankie.

— O quê? — respondi.

— Por ter te machucado — disse ele. — E não foi só uma vez, sabe? Eu fiz aquele troço horrível com você no carro, depois do meu pai, quando você estava tentando me ajudar. Eu fui péssimo. Desculpe por ter te machucado na frente de casa, e pior ainda, por não ter te ajudado e por ter ido embora e nunca mais ter falado com você. As coisas estavam horríveis para mim. E aí o tempo passou, sabe? Eu segui em frente, fiquei tentando fugir daquele verão, porque ele tinha estragado um pouco minha vida, e eu não tinha como voltar para você nem pedir desculpas. E sempre senti essa culpa, sempre, e ela nunca desapareceu. E eu queria pedir desculpas.

— Não tem problema — falei. Não queria admitir o quanto precisava que ele dissesse tudo aquilo. Precisava que ele dissesse que tinha me machucado, que tinha feito uma coisa horrível, e assim poderia dizer que eu havia sobrevivido a ela. Pensei em lhe dar a mão, mas é claro que não o fiz. — Zeke, você não me machucou. Ou, sim, é verdade, meu braço, mas eu estou legal.

— Está? — perguntou ele, e vi um leve pânico atravessar as feições dele. — Você está aqui, né? Deve ter alguma coisa errada.

— Não é... errada, exatamente. É que... Zeke, a questão é que uma repórter descobriu que fui eu. Ela sabe que eu criei o pôster...

— Ah — disse ele, balançando a cabeça.

— ...mas tudo bem. Falei para ela que fui eu. É que... estou pronta para confessar. E ela vai escrever uma matéria sobre o assunto e vai me entrevistar. Vai tudo vir a público.

— Que merda, Frankie — respondeu, ainda balançando a cabeça. — Como foi que ela descobriu?

— É bem complicado. Eu te conto, mas, agora, eu queria te avisar. Vai vir a público. As pessoas vão ficar sabendo.

— Você contou à repórter de mim? — perguntou ele.

— Não — admiti. — Nem um pio, eu juro.

— Mas você vai contar para ela? — questionou ele.

— Eu deveria contar? Assim, você também fez. Nós fizemos juntos, eu e você.

— Mas você não contou para ela? — insistiu ele, como se tivesse achado uma brecha que pudesse explorar, e se curvou para me olhar mais de perto. — Ela não sabe?

— Ainda não. É isso o que eu estou dizendo, Zeke. Eu queria te avisar antes de contar para ela.

Houve um longo silêncio. Eu deslizava de pouquinho em pouquinho para não me afundar no sofá.

— Estou com medo, Frankie — declarou ele, enfim.

— Eu também — disse. — Mas não sei o que fazer. É que... eu acho que preciso confessar. Sinto que preciso dizer que fui eu e ver o que acontece.

— Frankie? — chamou ele.

— Sim?

— Você poderia não falar de mim para a repórter? — pediu ele. — Tipo, dizer para ela que você fez tudo sozinha?

— Eu... não, por que eu...

— Eu tenho medo. Você é uma escritora famosa e pode confessar, e talvez seja interessante ver o que acontece, mas eu acho que sei o que vai acontecer comigo. Acho que vai me causar coisas ruins.

— Mas pode ser que não — sugeri, e me senti uma idiota. Achei cruel. Mas não conseguia parar. — Porque não vai ser você sozinho, né? Eu digo que foi a gente. Eu e você. E quem sabe eu não pego o que te assusta e enfrento.

— Acho que não, Frankie — retrucou ele.

— É que... Não consigo imaginar não sendo nós dois juntos — afirmei.

— Já faz muito tempo — disse ele.

— Minha sensação é de que não faz tanto tempo assim, sendo honesta — falei. — Eu penso nisso o tempo inteiro. Penso naquele verão. Repito a frase para mim mesma. Quando eu estou sozinha, sem pensar em nada, eu vejo aquelas mãos que você desenhou, meio que pairando acima da minha cabeça. Não é assim com você?

— Não — admitiu Zeke, e parecia tão envergonhado, tão triste. Mas acho que estava triste *por mim*. — Eu me esforço muito para não pensar nisso. E não penso.

— Eu sou quem sou por causa daquele verão — afirmei.

— Eu também — disse ele.

Achava que traria Zeke de volta, e achava que ele ficaria grato depois que passasse o choque. Seríamos amigos outra vez. Ou pelo menos, quando as pessoas pensassem no pôster, pensariam em nós naquele verão, nós dois, e mesmo se nunca mais nos víssemos, estaríamos conectados. Minha vontade era de chorar.

— Era o nosso segredo — disse ele. — A gente combinou que jamais contaria. Era só eu e você. E eu cumpri a promessa, Frankie.

— Eu preciso contar — declarei. — Vai vir a público, eu contando ou não.

— Mas não poderia continuar sendo um segredo nosso? — perguntou ele. — Você pode contar uma história para eles. Pode dizer que foi você. E é verdade. E as pessoas vão acreditar. Daqui para a frente, mesmo quando nós dois estivermos mortos, essa vai ser a história daquele verão. E só eu e você vamos saber da verdade.

— Acho que estou com um pouco de medo de fazer isso sozinha — expliquei. — Acho que eu não teria feito nada daquilo naquele verão se não tivesse te conhecido. A minha sensação... Zeke, a minha sensação é de que você fez de mim quem eu sou. E sou muito grata por isso.

— Que bom — disse ele.

— Mas eu fiz de você a pessoa que você é? — perguntei.

— Fez. Fez, sim. Ou nós dois fizemos. Ou o mundo fez. Sei lá. Mas isso não é ruim. Não fico triste com isso — falou Zeke.

— Eu queria que você não tivesse ido embora — confessei. — Queria que aquele verão não tivesse terminado nunca. — Ao fazer tal declaração em voz alta, eu me dei conta da infantilidade, do egocentrismo dela. O que eu queria não era exatamente que Zeke tivesse continuado lá, agora eu entendia. Queria que ficássemos congelados naquela época, que o tempo parasse de correr.

— É difícil imaginar o que teria acontecido se eu tivesse continuado lá — respondeu ele. — Eu ia querer te ver de novo.

Mas acho que precisava ir embora. Acho que a gente só podia ter tido aquele verão.

Se era ou não algo psicótico, se significava que eu tinha problemas sérios e tinha desenvolvido tamanha obsessão por aquele verão a ponto de minha vida inteira girar em volta dele, não me importava. Era necessário para mim. Jamais o rejeitaria. Era meu.

Olhei para Zeke, aquele menino lindo. E me dei conta de que era Ben. Aquele era o Ben e não um garoto. E me lembrei de que, antes daquele verão, ele também era Ben. E tinha criado toda uma vida sem mim. Aquela coisa que tínhamos inventado juntos. Acho que agora ela era toda minha.

— Está bem — concluí. — Eu digo que fiz tudo.

— Obrigado — disse Zeke.

Não foi como eu esperava que o encontro corresse, ou talvez não fosse como eu *sonhava* que corresse. Não sabia direito o que eu torcia para que acontecesse. Você passa vinte anos apegado a algo, as expectativas e possibilidades se curvam e se contorcem junto com a vida real. Sabia que não queria que ele fosse apaixonado por mim. Não queria fugir com ele, desfazer por completo a vida que tinha passado tanto tempo construindo, a vida que eu realmente amava. Acho que torcia para que recitássemos a frase juntos, talvez uma centena de vezes? Talvez mil vezes? Tinha a impressão de que, se nos sentássemos no balanço do alpendre e repetíssemos a frase milhares de vezes, eu ficaria satisfeita, mas vai saber? Talvez no final das contas, horas depois, eu dissesse: "Que tal mais mil vezes?". Mas agora eu percebia que mesmo se eu lhe pedisse para dizer a frase mais uma vez, para dizer ao menos "a beira", ele poderia virar fumaça. Mas vou falar uma coisa. Eu faria o que ele tinha pedido. Então precisava de alguma coisa. E como não havia previsto aquela situação, não sabia o que pedir.

Zeke foi buscar um muffin para nós e ficou sentado no sofá comigo enquanto comíamos. Falamos do que aconteceu após aquele verão, o período logo depois. Contei para ele do acidente de carro, de Randolph Avery (e de como as cartas dele entregaram tudo), de meu braço quebrado e do ano seguinte. Falei de Hobart e da minha mãe ter se apaixonado e de ele ter morrido. Falei da escola que acabei frequentando, de ir embora de Coalfield pela primeira vez. E de como me apaixonei por Aaron, escrevi meus livros, tive Junie.

Ele me falou da faculdade de artes, de corrida, que ele disse ser boa para combater o peso que ganhava com os remédios, mas que às vezes ele fica tão obcecado que se torna algo ainda pior do que os surtos. Era uma linha tênue, ele explicou, à medida que se permitia ficar obcecado com alguma coisa, aprender a recuar. Só corria duas maratonas por ano, nem mais nem menos. Esse era o ideal. Falou dos esquilos da praça perto de casa, que conseguia fazê-los subir no colo dele e ficar com ele. Parecia estar feliz, e eu fiquei exultante, sendo sincera, ao saber disso. Eu não o havia destruído. Ele não havia me destruído. Tínhamos continuado vivos neste mundo. Queria que continuasse assim.

Gostava de ouvir Zeke falar, ouvir aquele timbre de voz específico, que ficava um tiquinho estridente, e fiquei feliz ao ver os dentes dele, os tiques nervosos, mas era difícil acreditar, pela normalidade da nossa conversa, que éramos as duas pessoas que tinham criado o pôster.

Tive vontade de dizer que eu ainda tinha o pôster original, com nosso sangue. Tive vontade de dizer que tinha colado o pôster em quase todas as cidades que havia visitado na vida.

Tive vontade de contar que boa parte de meu cérebro era ocupada por detalhes daquele verão, que ele vivia dentro de mim. Mas não queria deixá-lo ansioso. Não queria machucá-lo. De verdade, não queria. Não precisava que ele fizesse outro pacto de sangue. Queria? Queria, sim. Queria só para sentir aquele fio que me ligava ao passado. Não é para isso que fazemos tudo nesta vida? Para senti-la vibrar com a linha que começa no nascimento e termina muito, muito, muito depois da nossa morte? Não sei. E não iria descobrir isso na casa em que ele havia passado a infância, sem dormir direito, exausta, fugitiva. O que eu poderia lhe pedir? O que ele poderia me dar?

— Zeke? — falei, por fim.

— O quê, Frankie? — respondeu ele.

— Você pode fazer uma coisa por mim?

— Você quer que eu repita? — chutou ele. — Quer que eu recite a frase?

— Sei lá. Eu recitei. Mas, sendo sincera, acho que pode ser ruim. Preciso que você me ensine como se desenha.

— O pôster? — indagou ele.

Fiz que sim.

— Se é para dizer que fui eu, tenho que saber como desenhar.

— Você nunca tentou? — perguntou ele, confuso. — Você me parece um bocado obcecada pelo pôster. Você nunca tentou desenhar?

— Por que eu tentaria? — questionei. — Eu inventei a frase. Você fez o desenho. Era assim que funcionava.

— Está bem — concordou Zeke. — Acho que sei como fazer isso. Vem, vamos para o meu quarto. — Ele se virou para a cozinha. — Mãe? Pai? Estou levando a Frankie para o meu quarto.

— Ok — disseram em uníssono, e a tranquilidade deles me fez pensar que já tinham lidado com coisas bem piores. Quer dizer, eu tinha sido responsável por coisas bem piores, mas ainda assim fiquei grata por nos deixarem entrar no quarto dele.

Era extremamente organizado e as paredes eram tomadas por páginas emolduradas de histórias em quadrinho antigas.

— Essa é a única coisa em que eu gasto dinheiro — confessou ele. — São obras originais de caras como Wally Wood e Johnny Craig.

— Muito maneiras — falei.

Ele tinha uma mesa com alguns de seus projetos empilhados, mas os tirou do caminho. Peguei meu celular e mostrei uma foto do pôster. Ele o olhou por um instante, como se admirasse o trabalho de uma daquelas folhas na parede. Como se não fosse o autor. Ele meio que sorriu, depois fez que sim. Pegou papel e canetas.

— Ok, vamos lá — disse ele.

Fiquei meio chocada porque não o abalara; eu me questionei quanto tempo fazia que ele não via o pôster. Eu me perguntava se alguma vez na vida ele tinha visto um dos pôsteres que eu havia colado depois daquele verão.

Peguei a caneta e escrevi a frase, assim como antes. Peguei outra folha em branco e fiz a mesma coisa. Ficaram exatamente como no original. Era muito fácil.

— Agora me mostra — pedi.

Foi um grande alívio quando ele relaxou, se entregou. Ele fitou a página. Eu o vi lendo a frase, relembrando o ritmo, como se fosse uma prece. E então ele começou a desenhar os traços, tão delicados porém meio toscos, primitivos, forçando--os para baixo de vez em quando, sem querer, e o copiei da melhor forma possível. Depois de uns vinte minutos, sempre olhando para o pôster como guia, ele já tinha esboçado grande parte da ilustração. Eu amava olhar as mãos dele, a forma com que parecia, a cada nova ponderação, agitar as pontas dos dedos sobre o que eu havia escrito, como se recordasse de sua presença na página.

— Os prédios — disse ele, olhando para meu desenho — estão pequenos demais. Você precisa ligar um ao outro, desenhar eles maiores. E, aqui, faz as janelas assim, é só...

Ele se curvou em minha direção e me mostrou a própria folha. Eu o copiei, sentindo a imagem se formar conforme eu esperava que se formasse.

As camas eram mais difíceis, as crianças, e eu meio que estraguei tudo, mas em geral me concentrava nele, observava como ele começava cada linha. Gostaria que ele tivesse me deixado gravar o processo em vídeo, assim poderia voltar para ver com precisão onde ele encostava a caneta, mas eu já estava decorando tudo. Acho que era boa nisso, em saber quando precisava decorar algo para usar depois.

A última coisa que ele fez foram as mãos, e segui seu exemplo, e ficaram bastante parecidas. Repetiria aquilo milhares de vezes antes de mostrar a Mazzy, se é que ela ia pedir que eu mostrasse. Ela sabia que havia algo complicado no pôster, que tinha outra pessoa envolvida, e eu teria que dizer que tinha copiado de alguém, de alguém de muitos anos antes, ou afirmaria ter achado um livro antigo, ou que eu o tinha achado na nossa casa, ou sei lá. Essa parte eu resolveria depois.

Quando ele terminou, respirou fundo, analisou bem o desenho.

— Que sensação bizarra — admitiu Zeke. — Eu não desenho mais desse jeito. Gostei.

— Você pode fazer de novo? — pedi.

— De novo? — perguntou ele, me encarando.

— Mais uma vez — pedi.
— Está bem, claro. Mais uma — concordou ele, e recomeçou.
Nem sequer tentei copiá-lo. Só fiquei olhando ele desenhar.
E então ele acabou. Peguei e botei junto com o outro. Assenti.
— Ok — falei, mas ele pegou outra folha de papel. E tornou a desenhar.
Depois de cerca de dez minutos, havia desenhado uma floresta, com árvores desfolhadas, os troncos finos e afiados. E depois fez uma clareira no meio, um espaço suficiente para sugerir um campo aberto. E então parou. Olhou para mim, e eu assenti. Estava bom. *Continua.*
E ele desenhou uma casinha parecida com uma cabana de contos de fadas. Ia lhe dizer que eu achava que já bastava, que tinha gostado, mas então, em volta da casa, no chão da floresta, ele desenhou o que a princípio imaginei serem arbustos. Mas continuou desenvolvendo e desenvolvendo e desenvolvendo, e me dei conta de que eram chamas, um incêndio, e que rodeava a cabana, mas não chegava nem tão perto a ponto de danificá-la, nem tão longe a ponto de queimar a floresta. Era um círculo de brasas que demarcava o mundo, o que estava dentro e o que estava fora.
— Quer esse? — perguntou ele quando terminou.
— Quero — disse.
Aceitaria tudo. Aceitaria qualquer coisa.
E ficamos ali sentados no quarto dele, a casa zumbindo. Sabia que em breve teria que ir embora, retomar minha vida, deixar que ele continuasse a dele. Mas era difícil partir.
E era como se Zeke soubesse que eu estava com dificuldade de descobrir como fazer isso, como me afastar.

— Quem sabe eu não te vejo de novo? — perguntou ele. — Quem sabe depois? Depois que tudo acontecer?

— Se você quiser — concedi.

— Vamos ver como eu vou me sentir depois que tudo vier à tona. Tenho que ver. Me observar.

— Claro, entendo — respondi. Não achava que a ideia se concretizaria, e tudo bem, sinceramente. Não pediria mais.

E então Zeke disse, ele recitou a frase. Ele se lembrou. Não tinha se esquecido. Como seria possível esquecer? E então repetimos juntos.

— Tchau, Zeke — me despedi.

— Tchau, Frankie — disse ele.

Zeke me acompanhou até o alpendre e me despedi dos pais dele.

Peguei os pôsteres e voltei para o carro. Não olhei para trás. Saí da entrada da garagem. Não me lembrava da última vez que tinha dormido. Tudo era um sonho. Talvez nunca mais fosse dormir. Dirigi até minha casa, o lugar que me era familiar. Precisava daquilo. E os quilômetros diminuíam, meu carro me transportando, e prometi a mim mesma que seria um lugar bom. Eu o tornaria bom. Continuaria a torná-lo bom. Repeti a frase para mim mesma e soou bem. Eu a havia criado. Eu a amava.

Dezessete

QUANDO CHEGUEI, JUNIE CORREU PARA ME ENCONTRAR NA entrada de casa. Ela me abraçou e senti o cheiro dela, o cheiro inconfundível de minha filha, e eu a abracei com força. Aaron estava na porta. Ele sorriu, mas foi o tipo de sorriso que damos quando mostramos só os dentes o suficiente para dizer: "Eu seria capaz de moer meus dentes de ódio por você ter estragado nossa vida". E lhe dei o tipo de sorriso que diz: "Está tudo sob controle, seu cretino". Não estava, nem de longe. Mas é um sorriso tão bonito que ele o aceitou sem titubear.

Sabia que precisaria conversar com Mazzy Brower, e teria que deixá-la analisar o pôster. E teria que voltar a Coalfield e levá-la a todos os lugares do mapa, que eu ainda tinha, e veríamos que muitos deles continuavam de pé. E eu lhe contaria uma versão da história que se tornaria a verdadeira e ainda poderia guardar a realidade, o que eu tinha feito naquele verão, o segredo. Eu o guardaria só para mim e para Zeke, mas na verdade era para mim. Era só para mim.

Mas ali estava Junie, nos meus braços, tão encantadora, serpenteante e esquisita e já querendo me contar da boneca, a boneca demoníaca que cuspia fogo e que ela precisava ganhar porque tinha visto uma foto dela num livro infantil antigo que descobrira na biblioteca. E deixei que ela me contasse. Eu compraria a boneca para ela. Torcia para que fosse tão horrenda quanto eu a imaginava. Torcia para que Junie ficasse com ela pelo resto da vida. Aaron me abraçou quando subimos até o alpendre.

— Tudo bem? — perguntou, e ele confiava em mim.
Sabia que ele confiava em mim.

E embora a história contada a Mazzy não fosse incluí-lo, eu falaria de Zeke para ele, falaria daquele verão inteiro. Contaria como me sentia só naquela cidadezinha, coisas que não poderia falar na matéria, coisas para as quais ninguém ligava. Que eu nunca soube que chegaria a um lugar onde ficaria bem. Falaria para ele daquele garoto esquisito, e que eu iria escondê-lo, e torcia para que Aaron me entendesse.

— Tudo bem — respondi. — De verdade. Está mesmo. Eu estou bem.

Entramos em casa, nós três, e deixamos a porta escancarada, completamente desprotegida, pois nada nos faria mal. Nunca, nunca, nunca.

NAQUELA NOITE, AO COLOCAR JUNIE PARA DORMIR, ME DEITEI ao lado dela e lemos o capítulo de um livro em que uma alcateia de lobos persegue duas meninas num trem. E depois, quando eu já tinha apagado a luz, Junie perguntou:

— Aonde você foi?
— Fui ver a vovó — expliquei. — Lembra?

— Mas por quê? — questionou Junie. — O que é que está acontecendo?

— Quando eu era menina...

— Da minha idade? Da idade que tenho agora? — interrompeu ela.

— Mais velha. Quando eu era adolescente, eu fiz uma coisa. E era segredo. E as pessoas ficaram enlouquecidas, perderam a cabeça por causa dessa coisa.

— Por que era segredo? — indagou ela. — Era coisa ruim?

— Não — respondi. — Eu não acho que seja.

— Mas você guardou segredo? — perguntou Junie.

— Guardei. Durante muito tempo. Até agora, para falar a verdade. E agora eu vou revelar o segredo. E aí vamos ver o que vai acontecer.

— O que é que vai acontecer? — insistiu ela.

— Não sei. Não sei mesmo. Mas não vai ser nada ruim. É provável que seja coisa boa. Alguma coisa incrível.

— Espero que sim — disse. Eu ouvia a respiração dela. — Você não pode me contar o segredo de uma vez?

— Eu poderia. É só uma frase. É assim: A beira é uma favela cheia de gente procurando ouro. Somos fugitivos, e a justiça...

— ...está seca de fome atrás de nós — completou Junie.

— Como é que você sabe? — perguntei, embora meio que soubesse a resposta. Mas ainda assim foi uma surpresa.

— Você fala isso o tempo todo, mãe — declarou ela. — Você falava quando eu era bebê.

— Acho que você não se lembra de quando era bebê, meu amor — respondi.

— Eu me lembro, sim — disse ela, rebelde. — E você dizia isso para mim de noite, como se... como se fosse uma canção de ninar? Eu me lembro, sim.

E era verdade, é claro. Dizia a frase para ela todas as noites, era a única pessoa a quem eu podia dizê-la, e sussurrava para ela, as palavras se empilhando, mas eu as dizia com a voz tão suave, sem elevá-la acima da máquina de ruído branco, um oceano, que preenchia o quarto. Mas ela se lembrava.

— Bom, o segredo é esse — falei. — É só isso.
— Gostei — disse ela. — Eu gosto do som. Gosto de ouro.
— Eu sei, meu amor — respondi. — Também gosto de ouro.
— Somos fugitivos — repetiu ela.
— Somos — confirmei.
— Eu e você? — indagou ela.
— É.
— E o papai?
— Sim.
— E a vovó? E Pop-Pop e Gigi?
— Sim.
— E os tios trigêmeos? O tio Marcus e a tia Mina? E o Dominic e a Angie?
— É, acho que sim. Sim.
— E minhas professoras? As crianças todas da escola?
— Sim.
— E o mundo inteiro? Todo mundo que existe?
— Sim, todo mundo.
— E todo mundo que já existiu.
— Claro, pode ser.
— E todo mundo que ainda não existe mas vai existir? Também? Eles também são fugitivos?
— Bom... sim. Eles também.

Estava escuro, mas havia aquelas estrelinhas que brilham no escuro coladas no teto, inúmeras, tínhamos deixado que ela perdesse as estribeiras com as estrelinhas, e eu as contemplava, o céu acima de nós, o universo.

— É bom ser fugitivo? — perguntou Junie.

— Acho que é — respondi. — Talvez.

— Que bom — disse ela, e adormeceu logo depois, tranquila. Mas não me levantei. Não naquele instante, mas sabia que me levantaria.

Em breve eu me levantaria e atravessaria o corredor e entraria no nosso quarto, eu me deitaria em minha cama, com Aaron, e o sol nasceria e a luz dele encheria a casa, e eu acordaria, e as coisas seguiriam adiante. Mas naquele momento, olhando para as estrelas, que não eram estrelas mas que para mim eram mais estrelas do que as verdadeiras, fiquei deitada na cama, respirando, viva. Repeti a frase. Nada havia mudado. Eu repeti, e todas as palavras eram exatamente as mesmas, exatamente como eu as havia inventado naquele verão. Jamais mudariam. Então disse outra vez. E outra vez. E outra vez.

Agradecimentos

AGRADEÇO A:

Julie Barer, a pessoa mais importante em minha vida de escritor, que me possibilitou tantas coisas, e todo mundo do Book Group, em especial Nicole Cunningham.

Helen Atsma, minha editora extraordinária, que me ajudou a entender como contar esta história, e todo mundo na Ecco, em especial Sonya Cheuse, Meghan Deans, Miriam Parker e Allison Saltzman. Tenho muita sorte de estar na Ecco desde o princípio, e nem imagino onde estaria sem o apoio dessa editora incrível e das pessoas incríveis dela.

Jason Richman, da United Talent Agency, pela gentileza e pelo apoio.

Universidade do Sul e aos departamentos de Inglês e de Escrita Criativa, com gratidão, pela oportunidade de fazer parte da comunidade.

Minha família: Kelly e Debbie Wilson; Kristen, Wes e Kellan Huffman; Mary Couch; Meredith, Warren, Laura, Morgan e Philip James; e às famílias Wilson, Fuselier e Baltz.

Meus amigos: Brian Baltz, Aaron Burch, Sonya Cheuse, Lucy Corin, Lee Conell, Lily Davenport, Marcy Dermansky, Sam Esquith, Isabel Galbraith, Elizabeth e John Grammer, Jason Griffey, Brandon Iracks-Edeline, Kate Jayroe, Gwen Kirby, Shelley MacLauren, Kelly Malone, Katie McGhee, Matt O'Keefe, Cecily Parks, Ann Patchett, Betsy Sandlin, Matt Schrader, Leah Stewart, David e Heidi Syler, Jeff Thompson, Rufi Thorpe, Lauryl Tucker, Zack Wagman e Caki Wilkinson.

E, como sempre, com todo o meu amor: Leigh Anne, Griff e Patch.

Este livro foi impresso pela Cruzado, em 2023, para a HarperCollins Brasil. O papel do miolo é pólen natural 70g/m², e o da capa é cartão 250g/m².